अनकही जनजातीय गाथाएँ

शिखर को छूते ट्राइबल्स का तीसरा भाग

अनकही जनजातीय गाथाएँ

शिखर को छूते ट्राइबल्स का तीसरा भाग

संदीप मुरारका

प्रलेक प्रकाशन प्रा. लि.

Pralek Prakashan Pvt. Ltd.

in Associaton with JVP Publication Pvt. Ltd.

ISBN : 978-93-90916-56-6

पेपरबैक संस्करण : जुलाई 2021

प्रकाशक :
प्रलेक प्रकाशन प्राइवेट लिमिटेड
PRALEK PRAKASHAN PVT. LTD.

वितरक :
जेवीपी पब्लिकेशन प्राइवेट लिमिटेड
JVP PUBLICATION PVT. LTD.
602, आई-3, ग्लोबल सिटी
विरार (वेस्ट), मुम्बई, महाराष्ट्र-401303
दूरभाष : 9833402902 / 7021263557
Email : pralek.prakashan@gmail.com
Website : www.pralekprakashan.com

अनकही जनजातीय गाथाएँ : संदीप मुरारका
Anakahee Janajaateey Gaathaen : Sandeep Murarka

आवरण : जेवीपी पब्लिकेशन प्रा. लि.
पुस्तक सज्जा : प्रलेक प्रकाशन प्रा. लि.

यह पुस्तक समर्पित है-
असमय कालकलवित हुए अपनों को,
जिनको कोरोना ने हमसे छीन लिया।

यह पुस्तक समर्पित है-
साहित्य, शिक्षा और पत्रकारिता से जुड़े महानुभावों को,
जो अनंत यात्रा पर हैं।

यह पुस्तक समर्पित है-
रांची विश्वविद्यालय के क्षेत्रीय जनजातीय भाषा विभाग के
पूर्व विभागाध्यक्ष स्व० डॉ० गिरिधारी राम गौंझू 'गिरिराज' एवं झारखंड के
प्रसिद्ध साहित्यकार व शिक्षाविद स्व० डॉ० भुवनेश्वर अनुज को।

यह पुस्तक समर्पित है-
विख्यात पत्रकार स्व० रोहित सरदाना एवं जमशेदपुर के
वरिष्ठ पत्रकार स्व० विनोद शरण को।

यह पुस्तक समर्पित है-
मेरे प्रेरक मित्र साहित्य अनुरागी स्व० प्रदीप कुमार अग्रवाल को।

Prof. Ganeshi Lal
Governor, Odisha
ପ୍ରଫେସର ଗଣେଶୀ ଲାଲ
ରାଜ୍ୟପାଳ, ଓଡ଼ିଶା

RAJ BHAVAN
BHUBANESWAR - 751 008
ରାଜଭବନ
ଭୁବନେଶ୍ୱର-୭୫୧ ୦୦୮

जून 03, 2021

संदेश

लेखक एवं शोधकर्ता श्री संदीप मुरारका द्वारा रचित पुस्तक **'शिखर को छूते ट्राइबलस्'** का तृतीय भाग **'अनकही जनजातीय गाथाएं'** का प्रकाशन प्रसन्नता का कारण है ।

अरण्य संस्कृति भारतीय संस्कृति का मुख्य आधार है । चेतना का प्रथम स्वर अरण्य से ही सुनाई दिया था । हमारी स्थिति और अस्मिता में अरण्य संस्कृति का महत्वपूर्ण योगदान रहा है । महाप्रभु श्री जगन्नाथ इस भाव धारा के जीवंत प्रतीक हैं । मानव संस्कृति के मूल का अन्वेषण एवं आधुनिकता के परिप्रेक्ष्य में अरण्य संस्कृति की पुनःसंरचना एक अत्यावश्यक महती प्रयास है, जिसके लिए लेखक श्री मुरारका कृतज्ञता के पात्र हैं ।

हमारा इतिहास प्रायः राजे रजवाड़ी तथा क्षमताधारियों की काहानी है, पर वास्तविक इतिहास, लोक का इतिहास होता है । लोक का इतिहास, साधारण मनुष्य के असाधारण कृतित्व से महिमा–मंडित होता है । इसे और प्रकट, विकसित एवं प्रतिष्ठित होना चाहिए । भारत का इतिहास एवं धरोहर तथा संस्कृति एवं परम्परा में जनजातियों का विशेष योगदान रहा है, जिसको विशेष पहचान मिलने की आवश्यकता है । आज यह परम्परा और अधिक प्रसारित हो रही हैं । जनजातियों की अनेक विभूतियॉ राष्ट्र निर्माण के विभिन्न क्षेत्रों में अपने पद चिन्ह अंकित कर रही हैं । उनका कृतित्व एवं कीर्ति निश्चित रूप से प्रेरणादायक है । पुस्तक के व्यापक प्रसार की कामना करते हुए लेखक श्री मुरारका एवं प्रकाशक श्री जितेन्द्र पात्र जी को शुभकामनाऍ एवं अभिनन्दन प्रेषित करता हूँ ।

(गणेशी लाल)

प्रस्तावना

(प्रस्तावना के शब्द झारखंड के नामचीन व वरिष्ठ आदिवासी साहित्यकार महादेव टोप्पो के हैं। हिंदी काव्य संग्रह 'जंगल पहाड़ के पाठ' के रचयिता महादेव टोप्पो की कलम आजकल कुँड़ुख 'उरांव' भाषा में भी चल रही है।)

आदिवासियों की जल, जंगल, जमीन से जुड़ी जो सम्मानपूर्ण जीवन-पद्धति है, वह आज के पर्यावरणीय संकटकाल में- एक वैकल्पिक सिद्धान्त के रूप में पर्यावरणविदों, भू-गर्भशास्त्रियों, परियोजना-नीतिकारों, अर्थशास्त्रियों आदि को दिखाई देने लगी है। फलतः धरती, प्रकृति व मनुष्य के परस्पर-सहयोग-सम्मान, सहजीवी-एकजुटता का समतामूलक आदिवासी जीवन-पद्धति को समझने और अध्ययन करने की उदार चेष्टा, पूरी दुनिया में, वैकल्पिक सिद्धान्त के रूप में हो रही है। कोरोना-संकट के बाद दुनिया में कई लोगों को यह अच्छी तरह समझ में आ गया है कि धन की चाह में धरती, पर्यावरण और प्रकृति पर किए जा रहे अत्याचार अब मनुष्य के लिए भयंकर रूप से आत्मघाती होने वाले हैं। लेकिन योग्यता- श्रेणीक्रमबद्धता के प्रतियोगी सिद्धान्त को माननेवाले आज भी जातीय और नस्लीय ग्रंथि से ग्रसित हैं और श्रेष्ठ तथा विजेता बने रहने की यथास्थिति तथा उपभोक्तावाद के वर्चस्ववादी सत्ता को धरती की बरबादी तक कायम रखना चाहते हैं, जबकि धरती के संरक्षक माने जानेवाले आदिवासी और उनके समर्थक विद्वान, लेखक, पर्यावरणविद्, भू-वैज्ञानिक, विकास-रणनीतिकार, वनस्पति एवं जीव विज्ञानी भी आदिवासियों के जीवन-शैली का गहन अध्ययन व शोध करते, कई तरह की जीवन-रक्षक तरीके, परंपरा आदि को खोज निकालने में जुटे हैं, जिन्हें हम डिस्कवरी, नेशनल ज्योग्राफी, हिस्ट्री चैनल के अलावा कई यू-ट्यूबर, ब्लॉगर आदि के कार्यक्रमों व प्रस्तुतियों में देख सकते हैं।

आगे कुछ कहने से पहले एक दो उदाहरणों से आदिवासी जीवन-सिद्धान्तों को समझना उचित होगा। कुछ दिन पूर्व बन्द कमरे में एक विद्वान प्रशिक्षक ने अपने कॉरपोरेट प्रशिक्षणार्थियों को अगल-बगल कुछ दूरी में खड़ा होने कहा।

फिर निर्देश दिया कि 'मैं जो कहूँ सभी इसे ध्यान से सुनें और वैसा ही करें।' सभी को एक एक बैलून देकर फुलाने को कहा। जब सभी ने अपने बैलून फुला लिए तो सभी को धागा देकर और इसे बाँधने को कहा गया। सभी ने बैलून को धागा से बाँधा। फिर प्रशिक्षक ने कहा कि जिसके हाथ में दस सैकेंड तक बैलून रहेगा, वह विजेता होगा। इसके बाद प्रशिक्षक ने समय शुरू होने का संकेत दिया। सभी प्रशिक्षणार्थी एक दूसरे के बैलून फोड़ने लगे और समय समाप्त होने तक एक के पास ही बैलून रह गया। प्रशिक्षक कहता है- 'यहाँ अभी सिर्फ एक विजेता है, जबकि आप सभी विजेता हो सकते थे। प्रशिक्षणार्थी प्रशिक्षक की ओर ताकते हैं। प्रशिक्षक अपनी बात दुहराता है- मैंने कहा था कि जिसके हाथ में दस सैकेंड तक बैलून रहेगा, वह विजेता होगा। मैंने यह नहीं कहा था आप दूसरे का बैलून फोड़ें। मैंने यह भी कहा था 'मैं जो कहूँ सभी इसे ध्यान से सुनें और वैसा ही करें।' अब प्रशिक्षक पूछता है- दूसरे के हाथ का बैलून फोड़ने की इच्छा कैसे आई? निश्चय ही विजेता और श्रेष्ठ बने रहने की मानसिकता से। आप मेरी बात गौर से सुने होते तो आप सभी विजेता हो सकते थे।

मैं आदिवासी समाज का एक और उदाहरण देना चाहूँगा- हमारे इलाके में जब ग्रामीण शिकार से लौटते हैं तो समूह में शामिल सभी सदस्यों को शिकार का बराबर का हिस्सा दिया जाता है। इतना तक कि शिकार में गए कुत्ते को भी उतना ही हिस्सा दिया जाता है जितना टीम के अन्य सदस्य को।

आगे एक और उदाहरण- अंडमान निकोबार गए एक लोकप्रिय नेता के सम्मान में वहाँ के आदिवासियों ने नौका-दौड़ का आयोजन किया। नेता ने नौका-दौड़ समाप्त होने पर पूछा यहाँ फर्स्ट, सैकेंड कौन हुआ? इस पर आदिवासियों को आश्चर्य हुआ। वे फर्स्ट, सैकेंड के लिए तो नहीं खेलते थे, वे तो बस आनंदित होने के लिए और संकट के समय उबरने के लिए एक अभ्यास करते थे।

आज सभ्य समाज इन आदिवासी जीवन-मूल्यों, परंपराओं को अपने लिए प्रासंगिक पा रहा है। फलतः, सामूहिकता, सहजीविता, परस्पर सम्मान, टीम-प्रबंधन आदि के महत्व व उपयोगिता को वह आधुनिक संदर्भों में समझ रहा है जबकि ये आधुनिक प्रबंधन-कला के तरीके स्वाभाविक या कहें प्राकृतिक रूप से आदिवासियों में मौजूद है।

इस तरह आज आदिवासियों के प्रति लोगों का दृष्टिकोण बदलता प्रतीत होता है। ऐसे में यह समाज और देश के लिए आशाजनक है कि उनके सकारात्मक योगदान और उनकी पारंपरिक ज्ञान आदि के महत्व को समझा जा रहा है। चूँकि पश्चिमी विद्वानों के द्वारा स्थापित मूल्यों, आदर्शों, सिद्धान्तों और मापदंडों से प्रभावित भारत की आजादी के बाद की शिक्षा, योजना, विकास की

नीति कुछ इस तरह बनी कि इसके सबसे अधिक शिकार आदिवासी हुए। विकास, शिक्षा, प्रशासन, राजनीति, आर्थिक नीति सभी के क्रिया-कलापों का सर्वाधिक दुष्प्रभाव आदिवासी समाज पर पड़ा। फलतः उधार लिए गए इन सिद्धान्तों, लक्ष्यों, आदर्शों व दृष्टिकोण से ही आदिवासियों को भी देखा गया और उन्हें उन शब्दावलियों व नजरिये से आँका गया। फलतः द्वेष, भेदभावपूर्ण, नस्लीय दृष्टिकोण के कारण आदिवासियों से, सभ्य समाज की एक सामाजिक व सांस्कृतिक दूरी बढ़ती चली गई। हद तो यह थी कि अंगरेजों ने कुछ आदिवासियों को, विकृत कानून बनाकर 'क्रिमिनल ट्राइब' घोषित कर दिया और हमारे ही आदिवासी भाई हमारे लिए चोर-उच्चके घोषित कर दिए गए। फलतः कुछ इलाकों में आदिवासी बदनाम किए गए। ऊपर से मानव-विज्ञानियों की सामंती, वर्चस्ववादी, नस्लीय मानसिकता ने उनकी विचित्र रीति-रिवाजों, अजीब-जीवन, निर्वस्त्रता, निर्धनता, बलि-प्रथा आदि को देशी, विदेशी रंगीन पत्र-पत्रिकाओं में खूब भुनाया। पूर्वोत्तर तथा मध्य-भारत में अलग राज्यों के आदिवासी आंदोलनों को विदेशी शक्तियों से प्रेरित अलगाववादी बताया। लेकिन नए राज्यों के गठन के बाद वहाँ वे ही शक्तियाँ अपना हिस्सा लेने के अगली पंक्ति में खड़ी दिखीं, जो कल तक तक इन आंदोलनों को विदेशी-शक्ति से सहायता प्राप्त बता रहे थे। स्वतंत्रता प्राप्ति के बाद आदिवासियों के हित में, लिए गए कई नीतिगत व सैध्दान्तिक निर्णय, कागज पर बहुत आकर्षक, प्रभावी व मनलुभावन हैं। लेकिन आदिवासी-हितों में लिए गए इन संवैधानिक-निर्णयों को क्रियान्वित करने में बहुत कम ध्यान दिया गया। फलतः आदिवासियों को इनको लागू कराने के लिए आंदोलन करने के लिए बाध्य होना पड़ता है। आगे विडंबना देखिए कि आदिवासियों के नेतृत्व से प्रेरित, नवगठित राज्यों में आदिवासी हर तरह के शोषण का शिकार होता दिख रहा है। फिर भी उनकी हिम्मत, धैर्य व साहस देखिए कि इन तमाम विपरीत परिस्थितियों से जूझता आदिवासी कुछ न कुछ करके, देश दुनिया के लिए योगदान करता दिखता है। यह पुस्तक ऐसे ही जटिल परिस्थितियों में जन्मे, पले, बढ़े आदिवासी शख्सियतों के कार्यों, उपलब्धियों, सफलताओं को सामने लाने का सुप्रयास है।

वैसे देश में आदिवासी को अब तक जाने-अनजाने सदा, विपरीत परस्थितियों में रखा गया। उनकी, भाषा, संस्कृति, इतिहास, कला, रहन-सहन आदि के उत्थान, समाधान व उपचारात्मक व्यवस्था के लिए कुछ कदम उठाए गए। लेकिन ढीली तथा सुस्त प्रशासनिक व्यवस्था में सार्थक काम न हो सका। अधिकांश आदिवासी इलाकों में अनुत्पाद निर्माण कार्यों को बढ़ावा मिला। फलतः न आदिवासी गाँवों को, न देश को इसका सुफल मिला। फिर भी इन कठिन परिस्थितियों में भी इन प्रकृति-पुत्रों को आगे बढ़ने से रोका न जा सका।

जंगल पहाड़ों की बीहड़ता, जटिलता व दुर्गम्यता को पीछे छोड़ते कई आदिवासी, गुदड़ी के लाल की तरह देश, विदेश, समाज में अपनी छाप छोड़ने में समर्थ हुए है। यही कारण है कि उनमें से कईयों के कार्यों, प्रयासों, सफलताओं, उपलब्धियों को राष्ट्रीय स्तर पर मान्यता प्राप्त हुई। फलतः संदीप मुरारका जैसे जिज्ञासु और खोजी पत्रकार को कई आदिवासी प्रतिभाएँ देश भर में उभरती हुई दिखाई देती हैं। यह देखकर सुखद आश्चर्य होता है कि कितनी विविधतापूर्ण प्रतिभाएँ इन जंगल, पहाड़ों, बीहड़ों में छिपी पड़ीं है और उनके ज्ञान व अनुभव, विश्व-मानवता के लिए भी बेहद उपयोगी हो रहे हैं। यह सच है कि जड़ी, बूटियों व औषधीय पेड़-पौधों की जितनी जानकारी उन्हें है किसी अन्य को नहीं। लेकिन यह सभ्य समाज की श्रेष्ठता-ग्रंथि ही है कि उन्हें इस कार्य की महत्ता नहीं दी गई है। विशेषज्ञ बताते हैं कि- औषधीय कंपनियों को अस्सी प्रतिशत (80%) औषधियों की जानकारी आदिवासी समुदाय से ही प्राप्त होती रही है। लेकिन आज तक कोई इनके ज्ञान, योगदान व उपलब्धि की चर्चा आदिवासियों के हक में नहीं करता नहीं दिखता।

देश भर के अलग-अलग राज्यों की विभिन्न प्रतिभाओं के बारे संकलन तैयार करना एक दुस्साध्य एवं कठिन कार्य है, लेकिन संदीप मुरारका जी ने देश भर की आदिवासी प्रतिभाओं के सामने लाने का और एक दूसरे से परिचित कराने का जो जिम्मा उठाया है, वह प्रशंसनीय है। शिखर को छूते ट्राइबल्स संकलन के तीसरे भाग 'अनकही जनजातीय गाथाएँ' में पारंपरिक जीवन से जुड़ी प्रतिभाओं को शामिल किया गया है, वहीं दूसरी ओर पढ़-लिखकर नई चुनौतियों और जिम्मेदारियों को निभाते प्रशासन, शिक्षा, खेल, कला, चिकित्सा, साहित्य, संस्कृति, कृषि, पर्यावरण आदि से जुड़े आदिवासियों के बारे भी सामग्री शामिल की गई है। विभिन्न क्षेत्रों से जुड़े, विविधतापूर्ण आदिवासी प्रतिभाओं की जानकारी प्रेरक व उत्सावर्द्धक है। यह देखकर बेहद खुशी होती है कि कई महिलाएँ भी इस सूची में शामिल हैं। आशा है, भविष्य में और भी आदिवासी प्रतिभाओं को सामने लाने की कोशिश जारी रहेगी।

शुभकामनाओं सहित,

महादेव टोप्पो

हरमू, राँची, झारखंड-834002

मो-7250212369

ईमेल- mahadevtoppo@gmail.com

भूमिका

भारत के गांव-गांव में, वहाँ की स्थानीय भाषा में लोक गीत गाए जाते हैं। उन लोकगीतों में छिपा होता है उनका हजारों साल पुराना इतिहास, उनकी संस्कृति, उनकी सभ्यता। भारत की समृद्धि के कारण ही विदेशी आक्रांताओं ने कई-कई बार हमले किए। हर बार हमारी बौद्धिक विरासतों को तहस नहस किया गया। प्राचीनकाल में भारत में कई विश्वविद्यालय हुआ करते थे, जो नष्ट कर दिए गए। यथा; नालंदा यूनिवर्सिटी, तक्षशिला विश्वविद्यालय, विक्रमशीला विश्वविद्यालय, वल्लभी विश्वविद्यालय, उदांत पुरी विश्वविद्यालय, जगद्दल महाविहार, पुष्पगिरी विश्वविद्यालय, सोमपुरा विश्वविद्यालय इत्यादि। इसके बावजूद ना हमारा इतिहास नष्ट हो सका, ना हमारी हमारी संस्कृति नष्ट हुई, ना ही हमारी सभ्यता। क्योंकि हमारी पुरातन संस्कृति एवं सभ्यता गांवो के लोकगीतों में समाहित है। ये लोक गीत-नृत्य अपने आप में इतिहास को समेटे हुए हैं और हमारी संस्कृति के वाहक हैं। इस सांस्कृतिक धरोहर को हम तक पहुँचाते हैं जनजातीय लोग, देश के कोने कोने में फैला आदिवासी समुदाय, 'ट्राइबल्स'।

पुस्तक शिखर को छूते ट्राइबल्स ऐसे ही व्यक्तित्वों की जीवनियों से शुमार है। आज के ट्राइबल के नाम का डंका देश विदेश में बज रहा है। मध्यप्रदेश के भज्जू श्याम की पेंटिंग्स की पुस्तकों की लाखों प्रतियां यूरोप में बिक चुकी है। राजस्थान की प्रसिद्ध नृत्यांगना गुलाबो सपेरा की कला का प्रदर्शन 165 देशों में हो चुका है। झारखंड के जल पुरुष बाबा सिमोन उरांव अपने दम पर बाँध बना चुके हैं। ओडिशा के कैनाल मैन दैतारी नायक ने नहर खोद डाली है। झारखंड की लेडी टार्जन जमुना टुडू पर्यावरण के क्षेत्र में कार्य कर रहे लोगों का आदर्श बन चुकी है। ओड़िशा की कमला पुजारी जैविक खेती व बीज संरक्षण के क्षेत्र में कृषि वैज्ञानिको को मात दे रहीं हैं। त्रिपुरा के रहने वाले सौ वर्षीय थांगा डारलोंग का पारंपरिक संगीत में अविस्मरणीय योगदान है। केरल के जंगलो की दादी लक्ष्मी कुट्टी के पास देश विदेश के लोग इलाज करा रहे हैं। मेघालय की

ट्रिनिटी साइओ लकाडोंग हल्दी की एक्सपोर्टर बन चुकी है। कर्नाटक में जंगलों की एनसाइक्लोपीडिया के नाम से विख्यात तुलसी गौड़ा एक लाख से ज्यादा पौधे लगा चुकी हैं, तो ओड़िशा की तुलसी मुंडा शिक्षा के प्रसार में जुटी हैं। झारखंड में संताली भाषा के विद्वान प्रो. दिगंबर हांसदा एवं ओडिशा की डॉ दमयन्ती बेसरा का साहित्य व शिक्षा के क्षेत्र में बहुमूल्य योगदान है। झारखंड के बहुमुखी व्यक्तित्व डॉ रामदयाल मुंडा, मुकुंद नायक के अलावा बिहार के चित्तू टुडू, भागवत मुर्मू 'ठाकुर' को भारत सरकार ने पद्मश्री से सम्मानित किया है। पुस्तक शिखर को छूते ट्राइबल्स भाग-1 में इन महान हस्तियों की संक्षिप्त जीवनियों का संकलन है।

भाग-1 में उपरोक्त के अलावा पद्मभूषण कड़िया मुण्डा, धरती आबा बिरसा मुण्डा, पंडित रघुनाथ मुर्मू, ओत् गुरु कोल लाको बोदरा, सिदो- कान्हू, फूलो- झानो, टाना भगत, नीलाम्बर पीताम्बर और मरङ गोमके जयपाल सिंह मुंडा की जीवनियाँ भी शामिल हैं। पुस्तक की प्रस्तावना जानेमाने पत्रकार श्री विनय पूर्ती ने लिखी है। इस पुस्तक का ऑनलाइन विमोचन झारखंड की राज्यपाल महामहिम श्रीमती द्रौपदी मुर्मू ने विश्व आदिवासी दिवस के अवसर पर दिनांक 9 अगस्त 2020 को किया।

देश भर की अनकही गाथाओं के संकलन शिखर को छूते ट्राइबल्स भाग-2 में पंडवानी लोक गीत-नाट्य की पहली महिला कलाकार पद्म विभूषण तीजन बाई, छत्तीसगढ़, अंतरराष्ट्रीय महिला मुक्केबाज एवं राज्यसभा सांसद पद्म विभूषण एम सी मैरी कॉम, मणिपुर, नागालैंड की लक्ष्मीबाई पद्म भूषण रानी गाईदिन्ल्यू, जैविक खेती की प्रसारक पद्मश्री 'सीड मदर' राहिबाई सोमा पोपरे, महाराष्ट्र, डायरो गायक पद्मश्री भीखुदान गोविंद भाई गढ़वी, गुजरात, पार्श्वगायिका पद्मश्री दिवालीबेन पुंजभाई भील, गुजरात, अप्रितम गीतकार 'भगत बापू' पद्मश्री कवि दुला भाया काग, गुजरात, लोक साहित्यकार पद्मश्री बेनीचंद्र जमाटिया, त्रिपुरा, कन्नड़ भाषा के विख्यात फिल्मी गीतकार पद्मश्री डॉ. डोड्डारंगे गौड़ा, कर्नाटक, लोक गायिका पद्मश्री सुकरी बोंमागौड़ा, कर्नाटक, युवा एथलीट खिलाड़ी पद्मश्री विकास शिवे गौड़ा, कर्नाटक, अंतरराष्ट्रीय धनुर्धर पद्मश्री लिम्बाराम अहरी, राजस्थान, अंग्रेजी भाषा की एथनोग्राफर पद्मश्री प्रो. तेमसुला आओ, असम, विख्यात पत्रकार पद्मश्री डॉ. ममंग दई, अरुणाचल प्रदेश, लोक गीतकार पद्मश्री रेन सोनम शेरिंग लेपचा, सिक्किम, विख्यात भारतीय फुटबॉलर पद्मश्री बाइचुंग भूटिया, सिक्किम, सिक्किम की मदर टेरेसा पद्मश्री किपू शेरिंग लेपचा, सिक्किम की भाषाओं के उत्थान हेतू प्रयत्नशील पद्मश्री नोर्देन शेरिंग भूटिया, लोक गायिका पद्मश्री हिलदामित लेपचा की प्रेरक कथाएँ शामिल है।

साथ ही भारत के पहले स्वतंत्रता सेनानी बाबा तिलका मांझी, गुमनाम शहीद तेलंगा खड़िया, टंट्या भील एवं कोमराम भीम की गाथा भी शामिल है। इनमें पद्म भूषण रानी गाईदिन्ल्यू का अध्याय जमशेदपुर के वरिष्ठ पत्रकार श्री विरेन्द्र कुमार ओझा ने लिखा है। पुस्तक की प्रस्तावना डॉ. रामदयाल मुण्डा जनजातीय कल्याण शोध संस्थान राँची के निदेशक, भारतीय प्रशासनिक सेवा के अधिकारी, विख्यात साहित्यकार, 'ग्लोबल गाँव के देवता' एवं 'गायब होता देश' उपन्यास के लेखक श्री रणेन्द्र कुमार ने लिखी है। इस पुस्तक का विमोचन झारखंड की राज्यपाल महामहिम श्रीमती द्रौपदी मुर्मू ने राजभवन में दिनांक 18 मार्च 2021 को किया।

प्रत्येक वर्ष गणतंत्र दिवस के अवसर पर देश में नागरिक अलंकारों की घोषणा की जाती है, जिन्हें महामहिम राष्ट्रपति द्वारा सम्मानित किया जाता है। किसी भी क्षेत्र में उत्कृष्ट प्रदर्शन किए जाने पर विशिष्टजनों को पुरस्कृत करने की यह परंपरावर्ष 1954 से जारी है। इन सर्वोच्च सम्मानों में पहला है भारत रत्न, दूसरा पद्मविभूषण, तीसरा पद्मभूषण एवं चौथा पद्मश्री।

कई ऐसी विभूतियाँ भी हैं, जिन्हें दो या तीन पद्म सम्मान प्राप्त हुए। इन नागरिक अलंकारों से अबतक कूल 4875 हस्तियों को विभूषित किया जा चुका है। वर्ष 2021 तक 48 हस्तियों को भारत रत्न, 321 को पद्मविभूषण, 1281 को पद्मभूषण और 3225 को पद्मश्री पुरस्कार प्रदान किए जा चुके हैं।

इनमें कई ख्यातिलब्ध नाम ऐसे हैं, जिनसे पूरा देश परिचित है, किन्तु अधिकांश नाम ऐसे हैं जिनका योगदान क्षेत्र विशेष में बहुत विस्तृत व अविस्मरणीय है, पर प्रचार प्रसार से दूर रहने के कारण पूरे देश भर में लोकप्रिय नहीं हैं। झारखंड के पद्मश्री सिमोन उरांव को ओडिशा के लोग नहीं जानते, ओडिशा की पद्मश्री दमयन्ती बेसरा की कहानी से पश्चिम बंगाल अपरिचित है, पश्चिम बंगाल की गुरु माँ कमली सोरेन के विषय में मध्यप्रदेश के लोग नहीं जानते, मध्यप्रदेश के भज्जू श्याम की जीवन गाथा से अरूणाचल प्रदेश अपरिचित है, तो अरूणाचल प्रदेश की डॉ. ममंग दई राजस्थान में लोकप्रिय नहीं हैं, राजस्थान की गुलाबो सपेरा की कहानी से केरल अपरिचित है, तो केरल की लक्ष्मी कुट्टी की स्टोरी को गुजरात में नहीं पढ़ा जाता।

जिन महान लोगों को सरकार ने राष्ट्रपति भवन में देश के सर्वोच्च सम्मान से अलंकृत किया, उनके कार्यों को राष्ट्रीय स्तर पर सराहना मिली, ऐसे व्यक्तित्वों की जीवनियों को पाठ्यक्रम में शामिल किया जाना चाहिए। ऐसे महान व्यक्तित्वों के जीवन पर शोध ग्रंथ लिखे जाने चाहिए। ताकि आने वाली पीढ़ी इनसे प्रेरणा प्राप्त कर सके।

इसी कड़ी का हिस्सा है शिखर को छूते ट्राइबल्स पुस्तक का तीसरा भाग, जो 'अनकही जनजातीय गाथाएँ' के रूप में आपके हाथ में है।

–संदीप मुरारका
24 मई, 2021

बिल्डींग न.–17, प्रथम तल्ला
कॉन्ट्रेक्टर्स एरिया, रोड़ न.–3
बिष्टुपुर, जमशेदपुर 831001 (झारखंड)
दूरभाष : 9431117507
email : murarkasan@gmail.com
keshav831006@gmail.com

अनुक्रम

श्रीमती द्रौपदी मुर्मू, ओडिशा

झारखंड की माननीय पूर्व राज्यपाल

जन्म	20 जून, 1958
जन्म स्थान	गाँव ऊपरबेड़ा, थाना-बादामपहाड़, प्रखंड-कुसुमी, जिला-मयूरभंज, ओड़िशा-757047
वर्तमान निवास	गांव बैदापोसी, रायरंगपुर, जिला मयूरभंज, ओडिशा-757043
पिता	बिरंची नारायण टुडू
पति	स्व० श्याम चरण मुर्मू
संक्षिप्त परिचय	प्रसिद्ध अमेरिकन लेखक जॉन फ्रैंकलिन (Jon Franklin) लिखते हैं कि Simplicity, carried to an extreme, becomes elegance. अर्थात सादगी, एक चरम पर पहुँच कर, शिष्टता बन जाती है। यह सूक्ति सौ फीसदी यदि किसी पर फिट बैठती है तो वो हैं पूर्व राज्यपाल द्रौपदी मुर्मू, झारखंड।

श्रीमती द्रौपदी मुर्मू झारखंड की आठवीं राज्यपाल हैं। इन्होंने दिनांक 18 मई 2015 को पदभार ग्रहण किया था। सौम्य, सरल व निश्छल स्वभाव की श्रीमती द्रौपदी को झारखंड राज्य की पहली महिला राज्यपाल बनने का गौरव प्राप्त हुआ। दिनांक 6 जुलाई 2021 तक झारखंड की राज्यपाल रहते हुए आपने अपनी अमिट छाप छोड़ी।

बादाम पहाड़ के बीहड़ जंगल के अंदर ऊपरबेड़ा गाँव के संताल परिवार में जन्मीं ट्राइबल लड़की का जीवन कितना संघर्षमय रहा होगा? बचपन अभावों में बीता, जवानी में विवाह हो गया, दो पुत्र और एक पुत्री की

माँ बनी द्रौपदी! पर कालचक्र ने खुशियां टिकने ना दी, पति व दोनों पुत्र चल बसे। मुस्कुराती हुई महामहिम द्रौपदी मुर्मू के अंदर की पीड़ा को समझना आसान नहीं है, किन्तु साहसी द्रौपदी विचलित नहीं हुई, अपने कर्तव्य पर अड़िग रही और कर्म पथ पर बढ़ती रहीं। अनवरत संघर्ष व निरन्तर सक्रियता द्रौपदी मुर्मू के जीवन के मूलमंत्र हैं। पारिवारिक गतिरोध के बावजूद वे अपने राजनैतिक व सामाजिक जीवन में लगातार सक्रिय रही। भारतीय जनता पार्टी की समर्पित व अनुशासित कार्यकर्ता द्रौपदी मुर्मू को संगठन ने जब जो जिम्मेदारी दी, उन्होंने उस दायित्व की पूर्ति के लिए अपना शत-प्रतिशत योगदान दिया।

विधायक

वर्ष 2000 के ओडिशा विधानसभा निर्वाचन में रायरंगपुर विधानसभा क्षेत्र (4, अजजा सुरक्षित) से भाजपा के सिंबल पर द्रौपदी मुर्मू ने शानदार जीत दर्ज की। दिनांक 22 फरवरी को सम्पन्न इस चुनाव में 73539 वैध मतदान हुआ, जिसमें उनको 25110 यानि 34.14% मत प्राप्त हुए और उन्होंने अपने निकटतम प्रतिद्वन्दी कांग्रेस के लक्ष्मण माझी को 4568 मतों के अन्तर से हराया। भाजपा के लिए इस चुनाव की विशेष बात यह भी रही कि रायरंगपुर विधानसभा क्षेत्र से पहली बार उनके उम्मीदवार ने जीत दर्ज की।

वर्ष 2004 के विधानसभा निर्वाचन में पुनः श्रीमती द्रौपदी मुर्मू (भाजपा) ने जीत दर्ज की, इस बार उनके मतों में और इजाफा हो गया, उन्हें 29295 मत प्राप्त हुए।

मंत्री

श्रीमती द्रौपदी मुर्मू ने अपने पहले विधायक कार्यकाल में ओडिशा राज्य सरकार के मंत्री दायित्व का निर्वहन किया, वे 6 मार्च 2000 से 6 अगस्त 2002 तक वाणिज्य और परिवहन विभाग की मंत्री रहीं, पुनः 6 अगस्त 2002 से 16 मई 2004 तक मत्स्य पालन और पशु संसाधन विकास विभाग की मंत्री रहीं।

अन्य दायित्व

वर्ष 1997 में द्रौपदी मुर्मू ने रायरंगपुर के पार्षद का चुनाव जीता और वे जिला परिषद की उपाध्यक्ष बनी। भाजपा में विभिन्न दायित्वों पर रहते हुए उन्होंने संगठन को ना केवल मजबूत किया बल्कि जनजातीय समुदाय में पार्टी के उद्देश्यों को पहुँचाने में सफल रहीं। वर्ष 2002 से 2009 तक वे मयूरभंज पूर्वी की जिलाध्यक्ष रहीं, पुनः 2009 में एवं 2013 से 10 अप्रेल 2015 तक उन्होंने मयूरभंज जिला में भाजपा का नेतृत्व किया। इसी बीच वर्ष 2006 से 2009 तक भाजपा अनुसूचित जनजाति मोर्चा की प्रदेश अध्यक्ष भी रहीं। वर्ष 2002-09 एवं 2013-15 में वे भाजपा अनुसूचित जनजाति मोर्चा

की राष्ट्रीय कार्यकारिणी सदस्य रहीं।

शिक्षिका

वर्ष 1978-79 में भुवनेश्वर के रमादेवी महिला कॉलेज से कला स्नातक द्रौपदी मुर्मू ने रायरंगपुर के श्री अरबिंदो इंटीग्रल एजुकेशन एंड रिसर्च में सहायक शिक्षिका के रुप में कार्य किया।

नौकरी

कैरियर बनाने व पेट की लड़ाई की जद्दोजहद में श्रीमती द्रौपदी को काफी संघर्ष करने पड़े, उन्होंने ओडिशा के सिंचाई एवं ऊर्जा विभाग में कनिष्ठ सहायक के रूप में भी कार्य किया है।

सहायक शिक्षिका से कुलाधिपति तक का सफर तय करने वाली 'डॉ० द्रौपदी मुर्मू' की जीवन गाथा हर महिला व युवा के लिए प्रेरणाप्रद है, किन्तु इसलिए नहीं कि वे झारखंड की पहली जनजातीय व महिला राज्यपाल हैं या वे कुशल संगठनकर्ता हैं या वे सफल राजनीतिज्ञ हैं बल्कि इसलिए कि वे राज्यपाल जैसे उच्च पद पर आसीन होने के बावजूद कितनी सरल, शान्त, सौम्य व सादगी की प्रतिमूर्ति हैं।

सम्मान-पुरस्कार

वर्ष 2007 में श्रीमती द्रौपदी मुर्मू को ओडिशा विधानसभा में 'उत्कृष्ट विधायक' के रुप में सम्मानित करते हुए 'नीलकंठ अवार्ड' प्रदान किया गया। समय-समय पर महामहिम श्रीमती द्रौपदी मुर्मू को विभिन्न मंचो पर कई सम्मान व पुरस्कार प्राप्त हुए। दिनांक 30 मार्च, 2019 को भुवनेश्वर ओड़िशा के रमा देवी महिला विश्वविद्यालय के पहले दीक्षांत समारोह में श्रीमती द्रौपदी मुर्मू को डाक्टरेट की मानद उपाधि Honoris Causa (D.Litt.) से विभूषित किया गया।

❖❖❖

श्री गिरीश चन्द्र मुर्मू, ओडिशा

देश के 14वें महालेखापरीक्षक (कैग)

जन्म	21 नवम्बर, 1959
जन्म स्थान	गांव बेतनोटी, जिला मयूरभंज, ओड़िशा
वर्तमान निवास	नई दिल्ली
पिता	भागवत मुर्मू
माता	पार्वती मुर्मू
पत्नी	डॉ० स्मिता शुक्ला मुर्मू
संक्षिप्त परिचय	प्रसिद्ध अमेरिकन लेखक मार्क ट्वेन ने लिखा था कि

'आपके जीवन के दो सबसे महत्वपूर्ण दिन हैं, पहला जिस दिन आपका जन्म हुआ है और दूसरा जिस दिन आप पता कर लेंगे कि क्यों हुआ है।' संभवतः जिन लोगों ने इस सूक्ति को समझ लेने में सफलता प्राप्त कर ली है, उन्हीं में एक शख्शियत हैं भारत के नियंत्रक-महालेखापरीक्षक गिरीश चंद्र मुर्मू।

गिरीश चन्द्र मुर्मू गुजरात कैडर के 1985 बैच के भारतीय प्रशासनिक सेवा के अधिकारी हैं। माननीय नरेंद्र मोदी जी के मुख्यमंत्री कार्यकाल के दौरान वे राज्य के प्रमुख सचिव रहे।

1 सितम्बर 1987 से 20 अप्रैल 2015 तक उन्होंने गुजरात राज्य सरकार के विभिन्न पदों पर रहते हुए अपनी सेवाएँ दी, इसी बीच वे खेड़ा, भरुच एवं जामनगर के जिलाधिकारी रहे। साथ ही वे अहमदाबाद, वड़ोदरा और गांधीनगर में भी नियुक्त रहे। गिरीश गुजरात में निवेश की बयार लानेवाले संस्थान गुजरात औद्योगिक निवेश निगम लिमिटेड (GIICL) के प्रबंध निदेशक

रहे। वर्ष 2008 में उन्होंने मुख्यमंत्री सचिवालय में योगदान दिया और वर्ष 2015 तक वहाँ पदस्थापित रहे।

20 अप्रैल 2015 माननीय नरेंद्र मोदी के प्रधानमंत्री बनने के बाद गिरीश चन्द्र मुर्मू की प्रतिनियुक्ति दिल्ली केन्द्र सरकार में हो गई। वित्त मंत्रालय में व्यय विभाग के सचिव, वित्तीय सेवा विभाग, राजस्व विभाग में विशेष और अतिरिक्त सचिव तथा व्यय विभाग में संयुक्त सचिव रहते हुए उनकी पैनी निगाह व्यय पर रही। विभिन्न मदों में होने वाले कई बेवजह खर्चों की कटौती का श्रेय मुर्मू को जाता है।

29 अक्टूबर 2019 गिरीश चन्द्र मुर्मू ने स्वैच्छिक सेवानिवृत्ति ले ली।

31 अक्टूबर 2019 आजादी के बाद भारत के सबसे विवादास्पद कश्मीर मुद्दे में जब एक नया मोड़ आया, तो उस वक्त गिरीश चन्द्र मुर्मू को वहाँ की सबसे महत्वपूर्ण जिम्मेदारी सौंपी गई। उन्हें केंद्र शासित प्रदेश जम्मू कश्मीर के पहले लेफ्टिनेंट गवर्नर के रूप में नियुक्त किया गया।

8 अगस्त 2020 गिरीश चन्द्र मुर्मू को फिर एक बार महत्ती जिम्मेदारी दी गई, उन्हें देश की सर्वोच्च लेखापरीक्षा संस्था का 14वां

नियंत्रक और महालेखा परीक्षक (CAG) नियुक्त किया गया।

वरिष्ठ आई०ए०एस० गिरीश चन्द्र मुर्मू को प्रशासनिक आर्थिक और अवसंरचना के क्षेत्रों में व्यापक अनुभव है। आठ भाई बहनों में सबसे बड़े गिरीश उत्कल विश्वविद्यालय से राजनीति विज्ञान में स्नातकोतर हैं। उन्होंने बर्मिंघम विश्वविद्यालय से एम.बी.ए. की डिग्री प्राप्त की।

हिंदी, अंग्रेजी, ओड़िया, बंग्ला, गुजराती और संताली इन छह भाषाओं को जानने वाले बहु प्रतिभावान गिरीश चन्द्र मुर्मू अपने खाली समय में भारतीय क्लासिकल व सूफी संगीत सुनना पसंद करते हैं। उन्हें फोटोग्राफी, स्कैचिंग एवं पेंटिंग का भी शौक है।

❖❖❖

सुश्री अनुसुईया उइके, मध्यप्रदेश

छत्तीसगढ़ की माननीय राज्यपाल

जन्म	10 अप्रैल, 1957
जन्म स्थान	गांव रोहनाकला, जिला छिंदवाड़ा, मध्यप्रदेश
वर्तमान निवास	राजभवन, रायपुर, छत्तीसगढ़-492001
पिता	लखनलाल उइके **twitter@Anusuiya Uikey**
संक्षिप्त परिचय	सुश्री अनुसुईया उइके छत्तीसगढ़ की 6वीं राज्यपाल हैं, उन्होंने 29 जुलाई 2019 को पदभार ग्रहण किया। अपने लक्ष्य के प्रति सजग व अत्यधिक सक्रिय अनुसुईया ने अपने लम्बे राजनैतिक कैरियर में कई पारियाँ खेली।
विधायक	वर्ष 1985 के मध्य प्रदेश विधानसभा निर्वाचन में दमुआ विधानसभा निर्वाचन क्षेत्र (217, अजजा सुरक्षित) से सुश्री अनुसुईया ने जीत दर्ज की, यह चुनाव उन्होंने कांग्रेस के सिंबल पर लड़ा था। इस चुनाव में कुल 25130 वैध मतदान हुआ, जिसमें सुश्री अनुसुईया (कांग्रेस) को 15292 यानि 60.85% मत प्राप्त हुए। जबकि उनके निकटतम प्रतिद्वन्दी दलपत शाह नार्रे (भाजपा) को मात्र 8663 यानि 34.47% वोटों पर संतोष करना पड़ा। बाकी 3 उम्मीदवारों को मिलाकर मात्र 4.68% मत प्राप्त हुए। यह था सुश्री अनुसुईया की पहली राजनैतिक पारी का शानदार आंकड़ा, उनकी लोकप्रियता का आलम!
मंत्री	वर्ष 1988-89 में सुश्री अनुसुईया मध्यप्रदेश राज्य सरकार में महिला एवं बाल विकास विभाग की मंत्री रहीं।
राज्यसभा सांसद	वर्ष 2006 में 'भारतीय जनता पार्टी' ने सुश्री अनुसुईया

को उच्च सदन में भेजा, जहाँ 2 अप्रैल 2012 तक वे मध्यप्रदेश राज्य विशेषकर अनुसूचित जनजातियों के मुद्दों को मजबूती के साथ पटल पर रखती रहीं। बतौर सांसद विभिन्न संसदीय समितियों में रहते हुए उन्होंने अपने पदीय दायित्वों का बखूबी निर्वहन किया। यथा; हिंदी सलाहकार समिति, सलाहकार समिति महिला एवं बाल विकास भारत सरकार, रेलवे सलाहकार समिति, टेलीफोन एडवाइजरी समिति, अनुसूचित जातियों तथा जनजातियों की कल्याण संबंधी समिति इत्यादि।

अन्य दायित्व

वर्ष 2017 में सुश्री अनुसुईया राष्ट्रीय अनुसूचित जनजाति आयोग की उपाध्यक्ष मनोनीत की गई, इसके पूर्व वे वर्ष 2006 में मध्यप्रदेश राज्य अनुसूचित जनजाति आयोग की अध्यक्ष रह चुकी हैं। वे राष्ट्रीय महिला आयोग की सदस्य, जिला छिन्दवाड़ा के भूमि विकास बैंक की अध्यक्ष जैसे कई महत्वपूर्ण दायित्वों का निर्वहन कर चुकी हैं। मध्यप्रदेश में भाजपा के संदेश को अन्तिम व्यक्ति तक पहुँचाने में सुश्री अनुसुईया ने बड़ी भूमिका

अदा की है, संगठन में भी वे प्रदेश उपाध्यक्ष जैसे महत्वपूर्ण दायित्व पर रहीं।

शिक्षिका

अर्थशास्त्र में स्नातकोत्तर और एल.एल.बी. सुश्री अनुसुईया ने अपने कैरियर की शुरुआत वर्ष 1982-85 में एक शिक्षिका के रूप में की, वे शासकीय महाविद्यालय तामिया, जिला-छिन्दवाड़ा में अर्थशास्त्र की व्याख्याता रहीं।

पुरस्कार व सम्मान

अपने लम्बे राजनैतिक सामाजिक जीवन में सुश्री अनुसुईया को कई सम्मान व पुरस्कार प्राप्त हुए। वर्ष 1990 में दलित समाज के उत्थान हेतु किए गए विशिष्ट कार्यों के लिए उन्हें डॉ. भीमराव अंबेडकर फैलोशिप से सम्मानित किया गया। वर्ष 1989 में मध्यप्रदेश विधानसभा में उनको जागरूक विधायक के रूप में सम्मानित किया गया।

छात्र जीवन से ही सामाजिक एवं राजनीतिक गतिविधियों में सक्रिय सुश्री उइके ने मास्को, जिनेवा, लंदन, मलेशिया, जाम्बिया, मलावी, बोत्सवाना इत्यादि कई

देशों की यात्रा की है। आदिवासी महिलाओं के सशक्तिकरण के लिए उन्होंने 22 राज्यों के 80 जिलों का भ्रमण किया और एक प्रतिवेदन तैयार कर तत्कालीन प्रधानमंत्री माननीय स्व० अटलबिहारी वाजपेयी को सौंपा, जिसके बाद ही वर्ष 1999 में जनजातीय कार्य मंत्रालय की परिकल्पना व गठन किया गया।

❖❖❖

लांस नायक अल्बर्ट एक्का, झारखंड

मरणोपरांत परमवीर चक्र से सम्मानित

जन्म	27 दिसम्बर, 1942
जन्मस्थान	गांव जारी, अल्बर्ट एक्का ब्लॉक, डुमरी, जिला गुमला, झारखंड
निधन	3 दिसम्बर, 1971
निधन स्थल	गंगासागर, बंगलादेश
माता	मरियम एक्का
पिता	जूलियस एक्का
पत्नी	बलमदीन एक्का

शहीदों के सम्मान में किसी शायर ने लिखा है कि-

'मशालें भी जलीं हैं
और कायम हैं मिसालें भी,
बस अब शहीदों के घर
इक दिया भरसक जलते रहना चाहिए!'

बचपन से ही शिकार में रुचि रखने वाले एवं गहन जंगलों के माहौल से वाकिफ अल्बर्ट एक्का अभी 20 वर्ष के युवा ही थे कि उनका चयन बिहार रेजिमेंट में हो गया। अल्बर्ट ने 27 दिसंबर 1962 को एक सैनिक के रुप में देश की सेवा का सफर प्रारम्भ किया।

वर्ष 1968 में अल्बर्ट एक्का का स्थानांतरण 'ब्रिगेड ऑफ द गार्ड्स की 14 वीं बटालियन' में हो गया। पूर्वोत्तर में पदस्थापित रहते हुए वे कई आतंकवाद विरोधी अभियानों में शरीक हुए।

वर्ष 1971 में अल्बर्ट एक्का को लांस नायक के रूप में पदोन्नत कर दिया गया। वे एक अच्छे सैनिक होने के साथ-साथ

हॉकी के अच्छे खिलाड़ी भी थे।

3 दिसम्बर 1971 भारत पाकिस्तान में युद्ध छिड़ गया, सेना की विभिन्न टुकड़ियाँ अलग-अलग क्षेत्रों पर तैनात कर दी गई। पूर्वी बांगलादेश के जिला ब्राह्मणबारिया के दक्षिण अखौरा से लगभग 6 किलोमीटर पर स्थित गंगासागर पर कब्जे के लिए IV कॉर्प्स एवं 14 गाड्र्स को जिम्मेदारी सौंपी गई। वह स्थान दुश्मनों का गढ़ था, अपनी सुरक्षा के लिए दुश्मन सेना ने वहाँ बंकर बना रखा था। पाकिस्तानी सेना उस मोर्चे पर पूरी तैयारी के साथ मौजूद थी, उन लोगों ने रेलवे स्टेशन के आसपास की पूरी जगह को माइंस से पाट दिया था, ताकि भारतीय सेना को रोका जा सके। साथ ही ऑटोमेटिक मशीन गन के साथ पाकिस्तानी सैनिक तैनात थे। कुल मिलाकर गंगासागर रेलवे स्टेशन तक पहुंचना मौत को गले लगाना जैसा था। भारतीय सेना के 14 गाड्र्स की टुकड़ी ने जान की परवाह ना करते हुए दुश्मन के गढ़ में प्रवेश किया, दोनों ओर से लड़ाई छिड़ गई। मुठभेड़ के दौरान उत्कृष्ट साहस और दृढ़ संकल्प का परिचय देते हुए वीर लांस नायक अल्बर्ट एक्का ने बंकर के साइड की दीवार को काट दिया और बंकर में प्रवेश कर गए। उन्होंने अकेले ही दुश्मन सेना के तीन सैनिकों को मार गिराया और उनके बंकर में ग्रेनेड फेंक दिया, जिससे दुश्मन के अन्य सैनिक घायल हो गए। हालांकि इस दौरान उन्हें भी गंभीर चोटें आई, किन्तु उनके अदम्य पराक्रम के कारण वह गढ़ फतह हो गया।

इस शानदार जीत का सेहरा बाँधकर वो वीर सैनिक

लांस नायक अल्बर्ट एक्का मातृभूमि की गोद में ही सो गया। इस युद्ध में पाकिस्तान ने पराजय का मुँह देखा और उसके दो टुकड़े हो गए। भारत के वीर सैनिकों के बलिदान के परिणाम स्वरूप विश्व के मानचित्र में बांग्लादेश का उदय हुआ। शहीद एक्का ने अशफाकउल्ला खां की पंक्तियों को सत्य साबित कर दिया-

'मौत एक बार जब आना है तो डरना क्या है!
हम इसे खेल ही समझा किये मरना क्या है?
वतन हमारा रहे शादकाम और आबाद,
हमारा क्या है अगर हम रहे, रहे-न-रहे।'

सम्मान

लांस नायक अल्बर्ट एक्का को मरणोपरांत भारत के सर्वोच्च युद्ध वीरता पुरस्कार परमवीर चक्र से सम्मानित किया गया। वहीं बांग्लादेश सरकार ने शहीद एक्का को 'फ्रेंड्स ऑफ लिबरेशन वार ऑनर' से नवाजा। वर्ष 2000 को गणतंत्र दिवस के अवसर पर भारत सरकार ने उनकी स्मृति में एक डाक टिकट जारी किया। झारखंड की राजधानी रांची में एक मुख्य चौराहे का नाम 'अल्बर्ट एक्का चौक' है, जहाँ उनकी प्रतिमा स्थापित है। उनकी एक मूर्ति उनके जारी गाँव में भी स्थापित है। वर्ष 2010 में झारखंड सरकार ने अल्बर्ट एक्का के पैतृक जारी गांव को प्रखंड का दर्जा दिया और उसका नाम अल्बर्ट एक्का ब्लॉक रखा, वहाँ का पुलिस थाना भी इसी नाम से स्थापित है। दिनांक 3 दिसम्बर 2015 को जिला-गुमला में अवस्थित उनके पैतृक गाँव जारी में 'समाधि स्मारक-शौर्य स्थल' बनाने के लिए आधारशिला भी रखी गई है। जिसके लिए

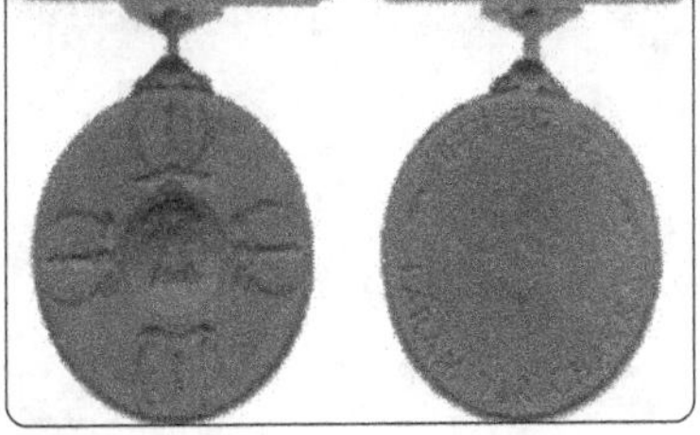

राज्य सरकार ने शहीद अल्बर्ट के पुत्र विसेंट एक्का की अगुवाई में दस ग्रामीणों को त्रिपुरा के अगरतला के धुलकी के श्रीपल्ली गांव में भेजा और 16 जनवरी 2016 को वे लोग शहीद अल्बर्ट के समाधि स्थल से मिट्टी लेकर आए। जहाँ 1971 के युद्ध में शहीद लांस नायक अल्बर्ट एक्का, गुलाब सिंह, काशीनाथ साहू, डेविड तिग्गा, मलकियत सिंह, ऊधौ सिंह, रामदेव साहीन, केशर देव, दाल सिंह, जोसेफ टोपनो, शिव नारायण एवं दुर्गा प्रसाद की याद में युद्ध स्मारक समाधि स्थल स्थापित है। किन्तु इन सब सम्मानों के बावजूद एक शहीद की आत्मा बस यही पुकारती है कि-

'इतनी सी बात हवाओं को बताए रखना,
रोशनी होगी चिरागों को जलाए रखना,
लहू देकर की है जिसकी हिफाजत हमने,
ऐसे तिरंगे को हमेशा अपने दिल में बसाए रखना।'

❖❖❖

श्री राजीव टोपनो, झारखंड

विश्वबैंक के कार्यकारी निदेशक के वरिष्ठ सलाहकार

जन्म	28 मई, 1974
जन्म स्थान	रांची, झारखंड
वर्तमान निवास	वाशिंगटन, यू.एस.
संक्षिप्त परिचय	झारखंड राज्य की राजधानी रांची में जन्में राजीव टोपनो भारतीय प्रशासनिक सेवा के अधिकारी हैं। वे 1996 बैच के गुजरात कैडर हैं, वर्तमान में सयुंक्त सचिव स्तर के पदाधिकारी हैं। दिनांक 1 अगस्त 1998 से 29 जून 2009 तक उन्होंने गुजरात राज्य में विभिन्न पदों पर रहते हुए अपनी सेवाएँ दी, मुख्यतः वे भरूच, भुज, वडोदरा और गांधीनगर में नियुक्त रहे।
29 जून 2009	आई०ए०एस० राजीव टोपनो ने केन्द्र में पीएमओ में अपना योगदान दिया।
19 जून 2014	माननीय नरेंद्र मोदी जी के प्रधानमंत्री बनने के बाद टोपनो प्रधानमंत्री के निजी सचिव नियुक्त किए गए।
4 जून 2020	आर्थिक मामलों के विभाग के अन्तर्गत राजीव टोपनो को वाशिंगटन में विश्वबैंक के कार्यकारी निदेशक का वरिष्ठ सलाहकार नियुक्त किया गया।
	जनजातीय समुदाय के एक युवा का रांची से वाशिंगटन तक का यह सफर क्या आसान रहा होगा? कदापि नहीं! किन्तु कड़ी मेहनत, कर्तव्यनिष्ठा, देश व कार्य के प्रति समर्पण एवं ईमानदारी की नौका पर बैठकर उन्होंने उफानों से भरी सफलता की इस नदी को पार किया। युवाओं के लिए प्रेरणास्त्रोत राजीव टोपनो की शिक्षा कोलकाता के सेंट थॉमस बॉयस स्कूल एवं सेंट

जेवियर्स कॉलेज से हुई। ग्रेजुएशन में उनके विषय रहे– राजनीति विज्ञान, इतिहास और समाजशास्त्र। मूलरूप से टोपनो की पारिवारिक पृष्ठभूमि झारखंड के गुमला जिले के पालकोट प्रखंड के छोटे से गांव मतिगटोली से जुड़ी हुई है। आदिवासी बहुल यह गांव पहाड़ों से घिरा और जंगलों के बीच में बसा हुआ है। राजीव टोपनो के पिता रेलवे के अधिकारी और माँ शिक्षिका रही हैं।

❖❖❖

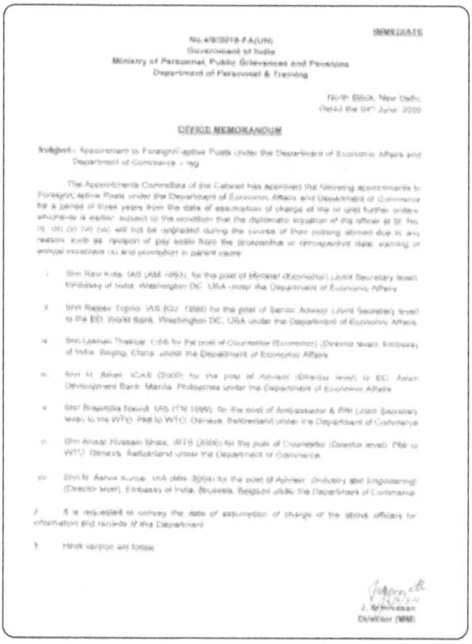
Government of India
Ministry of Personnel, Public Grievances and Pensions
Department of Personnel & Training

OFFICE MEMORANDUM

श्री अमृत लुगुन, झारखंड

ग्रीस में भारत के राजदूत

जन्म	22 नवम्बर, 1962
जन्म स्थान	राँची, झारखंड
वर्तमान निवास	एथेंस, ग्रीस
पत्नी	आशा ममता लुगून
संक्षिप्त परिचय	अमृत लुगुन 1989 बैच के भारतीय विदेश सेवा (IFS) के अधिकारी हैं।

जुलाई 1993 से जून 1995 तक अमृत लूगूम विदेश मंत्रालय, नई दिल्ली में पदस्थापित रहे और विभिन्न जिम्मेदारियों का वहन करते हुए अनुभव हासिल किया।

जून 1995 से सितंबर 1998 तक आई०एफ०एस० लुगुन ने पश्चिम एशिया में अवस्थित दुनिया के सबसे समृद्ध देशों में शुमार 'कतर' की राजधानी दोहा में अवस्थित भारतीय दूतावास में द्वितीय सचिव के रुप में अपनी सेवाएँ दी।

अक्टूबर 1998 से दिसंबर 2001 तक आई०एफ० एस० लुगुन ने 'फ्रांस' की राजधानी पेरिस में अवस्थित भारतीय दूतावास में प्रथम सचिव के रुप में अपनी सेवाएँ दी।

जनवरी 2002 से अगस्त 2004 तक आई०एफ० एस० लुगुन 'नार्थ अफ्रीका' के अल्जीरिया देश में भारतीय दूतावास में बतौर प्रथम सचिव नियुक्त रहे।

सितंबर 2004 से दिसंबर 2008 तक अमृत लुगुन ने भारत के विदेश मंत्रालय, नई दिल्ली में बतौर निदेशक कार्य किया, जहाँ उनके अन्तर्गत यूरेशिया और लैटिन

अमेरिका के क्षेत्रीय प्रभाग थे।

मार्च 2009 से सितंबर 2010 तक आई०एफ०एस० लुगुन की नियुक्ति 'फिलीपींस' देश की राजधानी मनीला में स्थित भारतीय दूतावास में रही।

आई०एफ०एस० लुगुन ने नेपाल के काठमांडू में अवस्थित दक्षिण एशियाई क्षेत्रीय सहयोग संगठन (SAARC) सार्क सचिवालय में निदेशक के रूप में कार्य किया। वे विदेश मंत्रालय में पासपोर्ट और वीजा विभाग के संयुक्त सचिव भी रहे।

12 अगस्त 2013 को आई०एफ०एस० लुगुन को 'यमन गणराज्य' में भारत के राजदूत (Ambassador) के रूप में मनोनीत किया गया।

7 अगस्त 2015 आई०एफ०एस० लुगुन को सूडान गणराज्य में भारत के राजदूत (Ambassador) के रूप में मनोनीत किया गया।

3 अक्टूबर 2019 को विदेश मंत्रालय (MEA) द्वारा आई०एफ०एस० लुगुन को ग्रीस में भारत के राजदूत

(Ambassador) के रूप में मनोनीत किया गया। झारखंड के एक जनजातीय परिवार से निकलकर विदेशों में भारत के राजदूत पद तक के सफर की कहानी हर युवा के लिए प्रेरणादायक है। युवाओं के प्रेरणास्रोत अमृत लुगुन की शिक्षा कोलकत्ता के सेंट जेवियर्स कॉलेज से हुई, उन्होंने राजनीति विज्ञान और समाजशास्त्र से स्नातक किया है। बहुप्रतिभाशाली लुगुन हिंदी, बंग्ला, अंग्रेजी, फ्रेंच एवं गोरखा भाषा के जानकार हैं।

❖❖❖

प्रो. सोना झरिया मिंज, झारखंड

सिदो कान्हु मुर्मू विश्वविद्यालय की कुलपति

जन्म	1963
जन्म स्थान	जिला-गुमला, झारखंड
वर्तमान निवास	दुमका, झारखंड-814101
ई मेल	sona.minz@gmail.com
पिता	डॉ० निर्मल मिंज (भाषा सम्मान पुरस्कृत-2016)
पति	डॉ० बाटुएल एक्का
संक्षिप्त परिचय	झारखंड की अनुसूचित जनजाति उराँव में जन्मीं सोना झरिया ने तमिलनाडु के मद्रास क्रिश्चियन कॉलेज से मैथमेटिक्स में एम०एस०सी० की, फिर जवाहरलाल नेहरू विश्वविद्यालय (जेएनयू) से कम्प्यूटर साइंस में एम०फिल० एवं पी-एचडी की। कई राष्ट्रीय और अन्तरराष्ट्रीय पत्रिकाओं में उनके शोध पत्र प्रकाशित होते रहे हैं। उनकी विशेषज्ञता वाले क्षेत्र हैं- Geo-spatial Informatics, Spatio-temporal Data Analysis, Data Mining, Machine Learning, Rough Sets.
सहायक प्रोफेसर	सोना झरिया मिंज ने वर्ष 1990 में मध्यप्रदेश के भोपाल में स्थित बरकतउल्ला विश्वविद्यालय में बतौर सहायक प्रोफेसर शिक्षण कार्य किया। वर्ष 1991 में वे तमिलनाडु के मदुरई कामराज विश्वविद्यालय में कम्प्यूटर साइंस विभाग में सहायक प्रोफेसर रहीं। वर्ष 1992 में वे जवाहरलाल नेहरू विश्वविद्यालय, कम्प्यूटर साइंस विभाग में सहायक प्रोफेसर नियुक्त हुई।
एसोसिएट प्रोफेसर	वर्ष 1997 में डॉ० सोना झरिया मिंज जेएनयू में पदोन्नत

होकर एसोसिएट प्रोफेसर बन गई।

प्रोफेसर

वर्ष 2005 से डॉ० मिंज ने जेएनयू के कम्प्यूटर एंड सिस्टम्स साइंसेज विभाग में प्रोफेसर के रुप में अपनी सेवाएँ दी। जेएनयू में 28 वर्ष के अपने लम्बे कार्यकाल के दौरान उन्होंने अनुसूचित जाति और जनजाति के छात्र छात्राओं के लिए कई सुधार कार्यक्रम किए।

अध्यक्ष

सांगठनिक नेतृत्व क्षमता से भरपूर प्रो० सोना झरिया मिंज ने दिनांक 1 फरवरी 2018 को जेएनयू के शिक्षक संघ (JNUTA) के अध्यक्ष पद का चुनाव जीत लिया। उस चुनाव में कूल 597 मतदाता थे, जिनमें 546 ने ही मतदान में भाग लिया, जिसमें डॉ० मिंज को 344 यानि 63% मत प्राप्त हुए थे।

कुलपति

दिनांक 27 मई 2020 को झारखंड की माननीय राज्यपाल द्रौपदी मुर्मू ने प्रो० (डॉ०) सोना झरिया मिंज को 'सिदो कान्हू मुर्मू विश्वविद्यालय- दुमका' का कुलपति (Vice Chancellor) मनोनीत किया। डॉ० मिंज देश की दूसरी जनजातीय महिला हैं, जिनको कुलपति बनने का सौभाग्य प्राप्त हुआ।

❖❖❖

श्री हरिशंकर ब्रह्मा, असम

देश के 19वें मुख्य निर्वाचन आयुक्त

जन्म	19 अप्रैल, 1950
जन्मं स्थान	गोसाईगाँव, जिला कोकराझार, बोडोलैंड, असम
संक्षिप्त परिचय	हरिशंकर ब्रह्मा 1975 बैच के आंध्रप्रदेश कैडर के भारतीय प्रशासनिक सेवा के अधिकारी रहे हैं।

1 जुलाई 1977 को हरिशंकर ब्रह्मा ने आंध्र प्रदेश में बतौर जिला स्तरीय पदाधिकारी के तौर पर सेवा प्रारम्भ की।

1 सितम्बर 1983 को हरिशंकर ब्रह्मा आन्ध्रप्रदेश के जिला सिरकाकुलम के उपायुक्त बने, जिस दायित्व पर वे 1 अप्रेल 1987 तक रहे।

1 अप्रैल 1987 से 1 अगस्त 1987 तक आई०ए०एस० ब्रह्मा कॉपरेटिव के प्रबन्ध निदेशक रहे।

1 अगस्त 1987 से 1 अप्रैल 1990 तक आई०ए०एस० ब्रह्मा म्यूनिसिपल कॉरपोरेशन में आयुक्त दायित्व का निर्वहन किया।

1 अप्रैल 1990 से 1 अप्रैल 1991 तक आई०ए०एस० ब्रह्मा आंध्रप्रदेश राज्य सरकार के उद्योग विभाग में प्रबन्ध निदेशक बने।

1 अप्रैल 1991 से 3 अप्रैल 2003 तक आई०ए०एस० ब्रह्मा ने आंध्रप्रदेश राज्य सरकार के परिवहन विभाग में आयुक्त, राज्य ऊर्जा विभाग में सदस्य सचिव, राजस्व विभाग में सचिव, सिविल सप्लाई विभाग में सचिव, पर्यावरण विभाग में प्रधान सचिव इत्यादि विभिन्न दायित्वों का निर्वहन किया।

3 अप्रैल 2003 से केन्द्र की प्रतिनियुक्ति पर आई० ए०एस० ब्रह्मा ने भारत सरकार के गृह मंत्रालय, ऊर्जा मंत्रालय, कानून एवं न्याय मंत्रालय में उच्च पदों पर रहते हुए अपनी कार्यकुशलता का परिचय दिया। देश की सीमा पर बाड़ लगाने का श्रेय इन्हीं को जाता है, गृह मंत्रालय में सयुंक्त सचिव (बार्डर मैनेजमेंट) रहते हुए इन्होंने भारत-पाकिस्तान, भारत-बंग्लादेश के बार्डर पर बाड़ लगाने का अद्वितीय कार्य (Fencing Work) कर दिखाया।

30 अप्रैल 2010 श्री ब्रह्मा भारत सरकार के ऊर्जा मंत्रालय से बतौर सचिव सेवानिवृत्त हुए।

25 अगस्त 2010 को सेवानिवृत्त आई०ए०एस० श्री हरिशंकर ब्रह्मा भारतीय निर्वाचन आयोग में आयुक्त मनोनीत किए गए। इनके कुशल मार्गदर्शन व दिशानिर्देश में देश का चर्चित लोकसभा चुनाव 2014 सम्पन्न हुआ था, जिसमें भाजपा को अकेले 282 सीटें प्राप्त हुई थी और एनडीए गठबंधन को 336 सीटें मिली थी। इसी चुनाव में भारी बहुमत से जीतकर श्री नरेंद्र मोदी ने पहली बार संसद में प्रवेश किया और देश के प्रधानमंत्री बने। निर्वाचन आयुक्त रहते हुए देश के लगभग हर राज्य में उन्होंने एक विधानसभा चुनाव सम्पन्न करवाया।

16 जनवरी 2015 से 18 अप्रैल 2015 तक हरिशंकर ब्रह्मा ने भारत के 19वें मुख्य निर्वाचन आयुक्त पद का निर्वहन किया, उनका लक्ष्य था कि भारत के चुनावों में काले धन के प्रयोग बन्द हो।

असम के बोड़ो जनजातीय परिवार में जन्में हरिशंकर

ब्रह्मा की स्कूली शिक्षा गुवाहाटी के डॉन बॉस्को स्कूल में हुई और उन्होंने शिलांग के सेंट एडमंड कॉलेज से स्नातक किया। इसके बाद उन्होंने गुवाहाटी यूनिवर्सिटी (GU) से राजनीति विज्ञान में स्नातकोत्तर की पढ़ाई पूरी की।

ब्रह्मा हरि शंकर के नाम में 'ब्रह्मा+विष्णु+महेश' तीनों देवताओं के नामों का समावेश है और शायद इसीलिए उनका व्यक्तित्व असाधारण है। विलक्षण प्रतिभा के धनी हरिशंकर ब्रह्मा हिंदी, अंग्रेजी, असमिया, बांग्ला एवं तेलुगू भाषाओं के जानकार हैं।

❖❖❖

पद्मश्री भूरी बाई, मध्यप्रदेश

विख्यात भिल चित्रकार

पद्मश्री	वर्ष 2021, कला (चित्रकारी) के क्षेत्र में
जन्म	1966
जन्म स्थान	गाँव पिटोल, जिला झबुआ, मध्यप्रदेश
वर्तमान निवास	भोपाल, मध्यप्रदेश
सम्पर्क	9752291976, 9893732027
माता	झब्बू बाई
पिता	श्री दीदिया
पति	जौहर सिंह बारिया
संक्षिप्त परिचय	मध्यप्रदेश की सबसे बड़ी जनजाति है भील! वर्ष 2011 की जनगणना के अनुसार इनकी जनसंख्या 46,18,068 थी। भील शब्द की उत्पत्ति द्रविड़ भाषा से हुई है जिसका अर्थ होता है- धनुष! भीलो में धनुष बाण का अत्यधिक महत्व होता है।

मध्य प्रदेश के भीलों की विपुल सांस्कृतिक परंपरा उनके धार्मिक कृत्यों, उनके गानों तथा नृत्यों, उनके सामुदायिक देवी-देवताओं, त्वचा के गोदनों, पौराणिक गाथाओं तथा विद्या में अभिव्यक्त होती है। उनके घरों से सौंदर्यशास्त्र का सहजबोध प्रकट होता है। प्रति वर्ष दीवारों पर लेप किया जाता है और उन्हें उभरी हुई नक्काशीकारी, मिट्टी चित्र तथा चित्रकारियों से सजाया जाता है।

चित्रकारी की सामग्री घर में ही तैयार की जाती है। गेरु मिट्टी, चावल के पानी, हल्दी, खड़िया, पौधों की पत्तियों तथा पुष्पों से रंग तैयार कर लिए जाते हैं, काले

रंग के लिए तवे की खुरच ले ली जाती है। नीम की टहनियों में फटे-पुराने कपड़ों अथवा कपास के फाहों को बांधकर ब्रश बना लिया जाता है।

झबुआ जिला के भीलों के बीच पिथौरा चित्रकारी एक धार्मिक रीति होती है जिसका अत्यधिक सम्मान किया जाता है। पिथौरा घोड़ों को लेखिन्द्र, परंपरागत चित्रकार द्वारा चित्रित किया जाता है तथा देवों को अर्पित किया जाता है। जैसा कि कहानी प्रचलित है, धर्मी राजा के शासन में लोग हंसना, गाना और नृत्य करना भूल गए थे। तत्पश्चात राजकुमार पिथौरा ने देवी हिमाली हर्दा के वास स्थान तक घोड़े पर सवार होकर यात्रा की। देवी ने उनकी हंसी, गीत तथा नृत्य उन्हें वापस लौटा दिया। पिथौरा भित्ति चित्रकारियों में भील की उत्पत्ति की पौराणिक गाथा को चित्रित किया जाता है।

पिथौरा चित्रकारी के मुख्य विषय होते हैं- सूर्य, चंद्र, पशु, वृक्ष, कीट, नदियां, मैदान, पौराणिक व्यक्ति, देवता भीलवत देव बरमथ्य जिनके बारह सिर हैं, एकलव्य जिनका केवल एक ही पैर है।

इसी महान व पुरातन भील जनजातीय समुदाय की हैं- भूरी बाई बरिया, जिन्होंने पिथौरा चित्रकारी को ना केवल देश में बल्कि विदेशों में पहचान दिलाई। जंगलों से लकड़ियाँ चुनकर ट्रेन से शहर जाकर बेचना और देर रात ट्रेन के तीसरे दर्जे में फर्श पर बैठकर लौटना- ऐसी थी, भूरी बाई के संघर्षमय जीवन की शुरुआत। खेतों में डेढ़ रुपए प्रतिदिन की दिहाड़ी पर मजदूरी करने वाली भूरी बाई का विवाह 16 वर्ष की उम्र में कर दिया गया,

जिसके बाद वे भोपाल आ गई। उन दिनों भोपाल में भारत भवन का निर्माण हो रहा था, जहाँ भूरी बाई और उनके पति छः रुपए दिहाड़ी पर मजदूरी करने लगे। भारत भवन के तत्कालीन निदेशक मशहूर चित्रकार जगदीश स्वामीनाथन ने इस प्रतिभा को पहचाना और उनके समुदाय व वहाँ की पिथौरा कला के बारे में सुनकर उनसे चित्र बनाने के लिए कहा। भूरी बाई ने भारत भवन के बाहर मन्दिर के आंगन में बैठकर 5 दिनों तक बैलगाड़ी, मोर और घोड़े की आकृति को उकेरा, जगदीश स्वामीनाथन ने भूरी बाई को 10 रुपए प्रतिदिन के हिसाब से पारिश्रमिक दिया। यहीं से प्रारम्भ हुआ एक मजदूर से कलाकार बनने का सफर...।

लगभग एक साल के बाद स्वामीनाथन जी फिर आए और पेंटिंग्स बनाने के लिए कहा। इस बार उन्होंने दस चित्रों के लिए भूरी बाई को 1500 रूपये दिए। पति जौहर सिंह भारत भवन में चौकीदारी का काम करने लगे और भूरी बाई चित्रकारी का। एक दिन ऐसा भी आया जब भूरी बाई चर्म रोग से पीड़ित हो गई,

मरणासन्न-सी स्थिति आ गई, घरवालों ने साथ छोड़ दिया, पेंटिंग्स बना नहीं सकती थी, मजदूरी से भी निकाल दी गई, ना दवाईयों के लिए पैसे थे, ना खाने को, ऐसी परिस्थिति में भारत भवन के तत्कालीन निदेशक कपिल तिवारी ने उनका इलाज करवाया, स्वस्थ होने पर उनको पुनः चित्रकारी का अवसर प्रदान किया, वे भारत भवन में बतौर कलाकार नियुक्त कर ली गई। **इंटरनेट की कनेक्टीविटी थोड़ी-सी कमजोर हो जाने पर जो युवा झल्लाने लगते हैं, उनको ये समझना चाहिए कि सफलता की राह कितनी कठिन होती है।**

जिस भारत भवन के निर्माण के समय भूरी बाई बरिया ने बतौर मजदूर ईंट उठाई, माल ढोया, पसीना बहाया, आज वहाँ के जनजातीय संग्रहालय में उनकी पेंटिंग लगी हुई है और उस भारत भवन के 39वें स्थापना दिवस पर उद्घाटन समारोह के अवसर पर 13 फरवरी 2021 को भूरी बाई मुख्य अतिथि के रूप में उपस्थित थीं। उन्होंने जनजातीय संग्रहालय की 70 फीट लम्बी एक दीवार पर अपनी जिन्दगी की कहानी को चित्रों के माध्यम से प्रदर्शित किया है, जो दर्शनीय है।

पुरस्कार एवं सम्मान

कला (चित्रकारी) के क्षेत्र में अविस्मरणीय योगदान के लिए भील चित्रकार भूरी बाई को वर्ष 2021 में देश के चौथे सर्वोच्च सम्मान पद्मश्री से अलंकृत किया गया। मध्य प्रदेश राज्य सरकार द्वारा उन्हें वर्ष 1987 में शिखर सम्मान, 1998 में अहिल्या सम्मान, वर्ष 2006 में मध्यप्रदेश गौरव सम्मान एवं वर्ष 2009 में रानी दुर्गावती राष्ट्रीय सम्मान प्रदान किया गया। वर्ष 2007 में भूरी बाई को अंतरराष्ट्रीय स्तर पर ख्याति प्राप्त हुई, जब उनकी एक पेन्टिंग न्यूयॉर्क के प्रसिद्ध संस्थान Sotheby's द्वारा नीलाम (Auction) हुई। अंग्रेजी न्यूज चैनल डीडी न्यूज के धारावाहिक 'अब के बरस मोहे बिटिया ही दीजो' में एक एपिसोड भूरी बाई पर प्रसारित किया गया।

❖❖❖

पद्मश्री दादूदान गढ़वी, गुजरात

कवि दाद के नाम से विख्यात लोक साहित्यकार

पद्मश्री	वर्ष 2021, साहित्य एवं शिक्षा के क्षेत्र में
जन्म	11 सितम्बर, 1940
जन्म स्थान	गाँव इश्वरीया, तालुका पाटन वेरावल, जिला गीर सोमनाथ (तत्कालीन जूनागढ़), गुजरात
पिता	प्रताप दान भाई
संक्षिप्त परिचय	'कवि दाद' के नाम से विख्यात चारण कवि दादूदन प्रतापदान मिसन गढ़वी ने भले चौथी कक्षा तक की ही शिक्षा प्राप्त की, किन्तु उनका साहित्य ज्ञान व अवदान ऐसा असाधारण है कि उनकी कविताओं पर कई शोधार्थियों ने पी-एचडी की है। पिछली आधी सदी से वे अपनी सुरीली आवाज से साहित्य सेवा कर रहे हैं। उनकी लोकप्रिय कविताएँ गुजरात की लोक संस्कृति को जन-जन तक पहुंचाती हैं। विवाह इत्यादि मांगलिक अवसरों पर गाए जाने वाले कई गीतों की रचना कवि दाद ने की, जो काफी लोकप्रिय हुए। यथा विदाई के अवसर पर गाया जाने वाला गीत- 'कालजा केरो काटको मारो गांठथी छूटी गयो।' उन्होंने लगभग 15 गुजराती फिल्मों के लिए भी गीत लिखे। कवि दाद की गीतों एवं कविताओं की कई पुस्तकें प्रकाशित हो चुकी हैं, जो समाज के लिए बहुमूल्य एवं चिरस्थायी धरोहर है।
कृतियाँ	टेरवां (आठ खण्ड) लछनायन चित्ताहरनु गीत

श्री कृष्ण छंदावली
राम नाम बारहक्षरी

इनकी दो पुस्तकें राजकोट, गुजरात के प्रवीण प्रकाशन की वेबसाइट पर भी उपलब्ध है।

https://pravinprakashan.com/book/terva

कवि दाद के पुत्र जीतू दाद गढ़वी गुजरात के विख्यात गायक हैं।

पुरस्कार एवं सम्मान साहित्य के क्षेत्र में अतुलनीय योगदान के लिए गुजराती लोक कलाकार दादूदान गढ़वी को वर्ष 2021 में देश के चौथे सर्वोच्च सम्मान पद्मश्री से अलंकृत किया गया। वर्ष 1998 में कवि दादूदान गढ़वी को गुजरात राज्य सरकार द्वारा लोक कला अवार्ड प्रदान किया गया। 'कागधाम' में श्री दुला काग मेमोरियल ट्रस्ट द्वारा प्रत्येक वर्ष पूज्य संत मोरारीबापू के सान्निध्य में समारोह का आयोजन किया जाता है, जिसमें लोक कलाकारों को उनकी उत्कृष्टता के लिए संगीत और साहित्य के क्षेत्र में 'कवि काग पुरस्कार' से सम्मानित किया जाता है। वर्ष 2009 में यह प्रतिष्ठित पुरस्कार कवि दादूदान गढ़वी को प्राप्त हुआ। गुजराती लोक साहित्य में विशेष अवदान के लिए दादूदान गढ़वी को समय-समय पर कई सम्मान प्राप्त हुए। यथा; झवेरचंद मेघाणी लोक साहित्य पुरस्कार, गुजरात गौरव अवार्ड इत्यादि।

गुजराती में कवि श्री दाद की एक प्रसिद्ध रचना-

मारा फळियाना वड केरी डाळे
हींसको हीरले भरीयो।

पंखीडा आवी आवीने उडी जाय...
टहुको तारो सांभरीयो...

तने वढवाना घणाय मनमां कोड,
पण तें गुंनो ना एकेय करीयो।
तारा दुःखमां हुं भागीदार थाउं।
पण तें निसासो ना एकेय, भरीयो।
(के)..टहुको तारो सांभरीयो,

धीडी (दीकरी) तुं हसमुखी अने हेताळ।
वालपनो जाणे विरडो।
तारा गीतडे मधमधे आखुं गाम।
चौटो ने पाणी शेरडो...
(के)...टहुको तारो सांभरीयो,

तारो बापु! अे बापु! केरो साद।
गुंजामा भरी में तो राखीयो।
ज्यारे आवे छे तारी बहु याद।
त्यारे छानो छानो चाखीयो।
(के)...टहुको तारो सांभरीयो,

भाईना मीठडां लीधेला आठे पोर।
ई टचकडाअे ओरडो भरीयो।
टचकडा उघाडे छे तारो वीर।
एनाथी एकेय ना उपड्यो...
(के)...टहुको तारो सांभरीयो,

धीडी तें गजा उपरवट कीधां काम।
डील (शरीर) नो ना धडो करीयो।
तें मांड रे उघाडी ज्या आंख्य।
त्या तो वरघोडो आवी उभो रीयो...
(के)...टहुको तारो सांभरीयो,

धीडी तारी अेटली छे गरवाई।
के गरवो टुंको पडीयो।
तने सौ सौ सलामुं मारा फूल।
तारी पांहे 'दाद' हु नानो पडीयो।
(के)...टहुको तारो सांभरीयो...

विख्यात रचना टेरवां की कुछ पंक्तियाँ-

धिरां धिरा रे वगाड, काळजामां वागे छे टेरवां।

लपतां ने छपतां आवी, उभां छे बारमां;
खोले छे हैयाना द्वार, टकोरा मारे छे टेरवां।

हसतां भीत्युंअे ओल्यां चाकळे चंदरवे;
मांड्युं छांड्युं मां मलकाय, टोडले टहुके छे टेरवां।

ता णा वा णा जेम चोट्यां गो कु ळ ने,
गोपीने हैये गूंथाई, वनरावनमां गुंजे छे टेरवां।

जीवन जंजाळ घडीक ममताने खोळले;
बाळक बनीने उंघी जाय, माथडा पंपाळे छे टेरवां।

डूकी गयां होय भले नदियुंनां वेन 'दाद'
अंतरनां नीर उभराय, वीराडा गाळे छे टेरवां।

कवि श्री दाद द्वारा रचित एक भजन-

कैलाश के निवासी नमो बार-बार हूँ,
दोहा
एक बिलपत्रम एक पुष्पम,

एक लोटा जल की धार,
दयालु रीझ के देते है,
चंद्रमोली फल चार,
व्याघाम्बरं भस्माङ्गरं,
जटा जुट लिबास,
आसन जमाये बैठे है,
कृपा सिंधु कैलाश।

कैलाश के निवासी नमो बार-बार हूँ,
नमो बार बार हूँ,
आयो शरण तिहारी भोले तार तार तू,
आयो शरण तिहारी शम्भू तार तार तू।।

भक्तो को कभी शिव तुने निराश ना किया,
माँगा जिन्हें जो चाहा वरदान दे दिया,
बड़ा हैं तेरा दायजा, बड़ा दातार तू,
बड़ा दातार तू,
आयो शरण तिहारी प्रभु तार तार तू,
कैलाश के निवासी नमों बार-बार हूँ,
आयो शरण तिहारी शम्भू तार तार तू।।

बखान क्या करू मै राखो के ढेर का,
चपटी भभूत में हैं खजाना कुबेर का,
है गंग धार, मुक्ति द्वार, ओंमकार तू,
ओंमकार तू,
आयो शरण तिहारी प्रभु तार तार तू
कैलाश के निवासी नमों बार-बार हूँ,
आयो शरण तिहारी शम्भू तार तार तू।।

क्या क्या नहीं दिया है हम क्या प्रमाण दे,
बसे गए त्रिलोक शम्भू तेरे दान से,
जहर पिया, जीवन दिया, कितना उदार तू,
कितना उदार तू,
आयो शरण तिहारी प्रभु तार तार तू

कैलाश के निवासी नमों बार-बार हूँ,
आयो शरण तिहारी शम्भू तार तार तू।।

तेरी कृपा बिना न हीले एक ही अणु,
लेते हैं स्वास तेरी दया से तणु तणु,
कहे 'दाद' एक बार मुझको निहार तू,
मुझको निहार तू,
आयो शरण तिहारी प्रभु तार तार तू
कैलाश के निवासी नमों बार-बार हूँ,
आयो शरण तिहारी शम्भू तार तार तू।।

कैलाश के निवासी नमों बार बार हूँ,
नमो बार बार हूँ,
आयो शरण तिहारी भोले तार तार तू,
आयो शरण तिहारी शम्भू तार तार तू।।

❖❖❖

पद्मश्री मंगल सिंह हजोवारी, असम

बोड़ो भाषा के उत्कृष्ट साहित्यकार

पद्मश्री	वर्ष 2021, साहित्य एवं शिक्षा के क्षेत्र में
जन्म	2 मार्च, 1954
जन्म स्थान	गाँव सिलबारी, तहसील बिजनी, जिला चिरांग, असम
सम्पर्क	वार्ड न०-7, पोस्ट एवं जिला कोकराझार, असम-733370
दूरभाष	03661-270029 / 270683
जीवन परिचय	वर्ष 2001 की जनगणना के अनुसार असम में अनुसूचित जनजातीय लोगों की जनसंख्या 33,08,570 थी, जिसमें सर्वाधिक 40.9% आबादी बोड़ो समुदाय की है। बोड़ो जनजाति के लगभग 13,52,771 लोग असम में निवास करते हैं। समय के साथ ना केवल इस समुदाय की जनसंख्या में विस्तार हो रहा है बल्कि राष्ट्रीय फलक पर बोड़ो जनजातीय समुदाय के कई लोगों का परचम लहरा रहा है। उन्हीं में से एक नाम है- मंगल सिंह हजोवारी।

असम के सुदूर गाँव में जन्में मंगल सिंह वर्ष 1970 में मैट्रिकुलेशन की परीक्षा में उत्तीर्ण हुए और 1971 से अपने ही गाँव के जे०पी० विद्यालय में बतौर शिक्षक पढ़ाने लगे। उनकी उच्च शिक्षा अध्ययन और अध्यापन दोनों कार्य साथ साथ चलने लगे, वर्ष 1975 में उन्होंने स्नातक की शिक्षा पूर्ण की। वर्ष 1981 में उनको मास्टर डिग्री प्राप्त हुई, वर्ष 1999 में उनकी पी-एचडी पूर्ण हुई और गुवाहाटी यूनीवर्सिटी द्वारा उनको डाक्टरेट की उपाधि प्रदान की गई।

वर्ष 1984 में कोकराझार के गवर्नमेंट कॉलेज ऑफ टीचर एजुकेशन में मंगल सिंह की नियुक्ति बतौर प्राध्यापक हुई, जहाँ आगे चलकर वे प्राचार्य बने और वर्ष 2015 में सेवानिवृत हुए।

योगदान

भारतीय संविधान की आठवीं अनुसूची में शामिल 22 भाषाओं में एक है- बोड़ो, यह भाषा देवनागरी लिपि में लिखी जाती है और असम की आधिकारिक भाषाओं में एक है। बोड़ो साहित्य के विकास में डॉ० मंगल सिंह हजोवारी का जो योगदान है, वो अविस्मरणीय है। अपने स्कूली जीवन के दौरान ही हजोवारी बोड़ो भाषा में कविताएँ लिखने लगे, सहपाठियों को कविताएँ पसन्द आने लगी तो वे लोग सराहना करने लगे, धीरे-धीरे हजोवारी के लेखन का यह शौक जुनून में बदलता चला गया। उन्होंने बोड़ो भाषा में कविताएँ, आर्टिकल्स, नाटक, लघु कथाएँ, जीवनियाँ इत्यादि विपुल बोड़ो साहित्य की रचना की। उनकी कई किताबें स्कूल, कॉलेज और विश्वविद्यालय के बोडो भाषा एवं साहित्य पाठ्यक्रम में शामिल की गई हैं। बोडोलैंड के साहित्य क्षितिज पर डॉ० मंगल सिंह हजोवारी का नाम चमकीले सितारे के रूप में चमक रहा है।

वर्ष 2005 से साहित्य अकादमी द्वारा बोड़ो भाषा में साहित्य अकादेमी पुरस्कार देने का निर्णय लिया गया। बोड़ो भाषा कां पहला साहित्य अकादेमी पुरस्कार डॉ० मंगल सिंह हजोवारी को उनके काव्य संग्रह 'जिउनि मोगथां बिसम्बि आरो आर'ज' (Jiuni Mwgthang Bisombi Arw Aroj) के लिए प्राप्त हुआ। कहा जा

सकता हैं कि बोड़ो भाषा और मंगल सिंह हजोवारी दोनों एक ही साथ राष्ट्रीय फलक पर आए।

बोड़ो साहित्य सभा द्वारा प्रकाशित उनकी कृतियाँ-

Bathou Aroj
Jothai Bidang
Jwhwlao Daimalu
Laithun Vol&I&II (पत्रिका)
Bandwba Bathou
Padmashri Modaram Brahma
Raithaimala
Siman (एकांकी नाटक)

अन्य प्रकाशित कृतियाँ-

Silinkhar
Jujaini Or
Guthal
Bodo Harimuni Mohor Mushri
Mudui
Sandw Baodia
Srimati Durlai
Bandwba Bathou
Sonani Maibong
Thunlai Bijirnai
Thwijung Lirnal Roman Hongkhuni Jarimin
Thunlat Bijirnai
Kherai Mwanaint Santhou
Abwi Abouni Solo
Ha Phisa Houwa Gwswni Barhungkha
Sonani Mala
Jaikhong Boro Gongse Boro Harimu
Okhrang Nangou
Phungkha
Onnai
Dourilai
Serja&Sifung
Balabganwi Borani Khonthai

Fusifin
Mengnurungwi Jwhwlao Satish Chandra Basumatary
Bibar
Gudan Fwisali
Dwimani Fisa Đimasa
Radab
Boro Kochari Solo
Bwisagu Arw Harimu
Sanaki Bjab
Raithaimala
Hatorki Hala
Boro Thuniaini Jarimin Arw Thunlai Bijunai
Gwdan Bithorai & nks •.M
Khonsal Bidang
Khonthaimala : दो खण्ड
Sungdo Soloni Jothai Mala

स्मारिका सम्पादन

Bisombi & Several Volumes
and Bisombi: Jananeta Rupnath Brahma

एकांकी नाटक

Stumdun
Joolia Dewan
Juhulao Dumalu

काव्य संग्रह

Thwijwng Lirnay Dwngse Khonthai

पुरस्कार एवं सम्मान साहित्य के क्षेत्र में अविस्मरणीय योगदान के लिए बोड़ो भाषा के अद्वितीय साहित्यकार डॉ० मंगल सिंह हजोवारी को वर्ष 2021 में देश के चौथे सर्वोच्च सम्मान पद्मश्री से अलंकृत किया गया। उन्हें अखिल भारतीय अचीवर्स सम्मेलन, नई दिल्ली सहित कई संस्थानों द्वारा समय समय पर कई बार सम्मानित किया जा चुका है।

❖❖❖

पद्मश्री दुलाल मानकी, असम

झूमर गुरु एवं लोकप्रिय गायक

पद्मश्री	वर्ष 2021, कला के क्षेत्र में
जन्म	26 नवम्बर,1954
जन्म स्थान	गाँव-धोईदाम टी एस्टेट, जिला-तिनसुकिया, असम
सम्पर्क	बोरहपजन, केसेरुगुड़ी गाँव, तिनसुकिया, असम-786150
ईमेल	dulalmanki@gmail.com
पिता	माथुर चन्द्र मानकी
जीवन परिचय	टी ट्राइब्स (Tea Tribes) यानि चाय के बागानों में काम करने वाली जनजाति असम की आबादी का एक महत्वपूर्ण हिस्सा है, जो ब्रह्मपुत्र घाटी में बिखरी हुई है। कोकराझार, उदलगुरी, सोनितपुर, नागांव, गोलाघाट, जोरहाट, शिवसागर, चराइदेव, डिब्रूगढ़, तिनसुकिया जैसे स्थानों पर लगभग 800 चाय के बागान हैं। इन चाय बागानों व उनके आस पास अनुमानतः 65 लाख टी ट्राइब्स निवास करते हैं, जो सोरा, ओडिया, सदरी, कुरमाली, संताली, कुरुख, खारिया, कुई, गोंडी, मुंडारी इत्यादि कई जनजातीय भाषाएं बोलते हैं। उन्नीसवीं शताब्दी में अंग्रेजो द्वारा चाय के एस्टेट में मजदूरी करने के उद्देश्य से देश के विभिन्न हिस्सों विशेषकर छोटानागपुर से लाकर इनको बसाया गया। इसी शोषित जनजाति से निकलकर एक कलाकार ने ना केवल असम बल्कि पूरे देश में ख्याति अर्जित की- 'झूमर गुरु दुलाल मानकी।' दुलाल की प्राथमिक शिक्षा तिनसुकिया के डूम डूमा बाँगिया विद्यालय से हुई, फिर उन्होंने वहीं डूम डूमा कॉलेज से स्नातक किया। बहुमुखी प्रतिभा के धनी

दुलाल को असमिया, बांग्ला, हिंदी और अंग्रेजी भाषाओं का ज्ञान है।

योगदान

भारत की संगीत संपदा विभिन्न शैलियों एवं परंपराओं से समृद्ध है, उन्हीं में से एक है असम के टी ट्राइब्स द्वारा गाए जाने वाले लोकगीत। टी ट्राइब्स समुदाय की महिलाएँ चाय के बागानों में काम करते करते लोकगीत गाती हैं। दुलाल बचपन से ही इन लोकगीतों को सुनते हुए बड़े हुए और धीरे धीरे वे भी गुनगुनाने लगे। दुलाल को स्थानीय मंचो पर गाने के निमन्त्रण मिलने लगे।

वर्ष 1976 में दुलाल को ऑल इण्डिया रेडियो, डिब्रूगढ़ द्वारा

छाह बनुआर आसार (Chah Banuwar Asar) के प्लेटफार्म पर गाने का अवसर प्राप्त हुआ।

वर्ष 1982 में गुवाहाटी सिने स्टूडियो ज्योति चित्रवन में दुलाल के पहले एल्बम छाह जनजातिर लोकगीत (Chah Janajatir Lokgeet) की रिकार्डिंग हुई, जिसके निर्देशक भूपेन उजीर थे।

दुलाल मानकी के गाए गीतों की लोकप्रियता इस प्रकार बढ़ी कि उन्हें फिल्मों में गाने के अवसर मिलने लगे। वर्ष 2013 में रिलीज हुई जयंत नाथ निर्देशित असमिया फिल्म श्करमा के रातीश में गाया हुआ उनका गाना 'झू? काफी लोकप्रिय हुआ। आज स्थिति यह है कि असम के गीत संगीत के मंच हों या असमिया फिल्में, दुलाल के गानों के बिना अधूरे हैं।

भारत सरकार के संस्कृति मन्त्रालय के अन्तर्गत पूर्वी आंचलिक सांस्कृतिक केंद्र, कोलकत्ता (EZCC) द्वारा

दुलाल मानकी को झूमर के गुरु की उपाधि प्रदान की गई है।

दुलाल मानकी की गायन यात्रा अनवरत जारी है। उनका अपना बैण्ड है, जो स्टेज शो करता है, उनके बैण्ड में 7 सदस्य हैं- जैकी (कीबोर्ड), सुमित (लीड गिटार), राणा गोगोई (बेस गिटार), पवन (ड्रम बीटर), शिवानंद, अरूप एवं अमृत करमाकर।

उनके विख्यात गानों के बोल-

Akharahi Baja Banshi
Sajanigo Toke Bada Morom
Kanha Rahalai
Ki Bolibo Britisher Kotha
Ke Toke Bandhi Delai

उनके पसंदीदा दो एल्बम-

स्वास्ति (असमिया भक्ति गीत)
रिमझिम बोरोसा (असमिया आधुनिक गाने)

उनके अन्य एल्बम

Jhumur - Karma Ke Rati, 2013
Jiwan Saathi, 2005
Jhalar Marwa, 2004
Bheli Bhor, 2001
Binodini, 1999
Chandmoni,1997
Nisitei, Kuilu Kuilu, He Gori, Bheli Bhor,
Kaliya, Kekar Lagin,
Sobat Priya, Talei Gori,
Sajanigo, Aawla Bhador,

Ai Sabon, Mor Dil Se Dil,
Ghar Se Bahar, Sol Sokhi,
Chanda Bodana, Aaj Kal,

Akasei, Hariyali Baganer,
Assam Deser, Pohila Pirit,
Laal Saluker, Radha Moti,
Jan Se jyada, He Tui Nahi,
Chandir Jeison, Jhumoor,
Phule Phule, Durse Dekhle;
Rimi Dhimi, Kale Gori Muke,
O Priya, Pohila Bhador Mase,
Jatan Kore, Hen Madhu Mase,
Bhadar Mase, Kati Khane Bole,
Bash Pata, Pagal, Duseri Agun,
Ai Sajni Sajanke, Assam Deser,
Karam Sani Mago, Nawa Nawa,
Aaji Ei Suprabhate, Dhol Madal
Jamunar Ghate, Dil Mor Diwana
Amba Phole Jhopa, Tor Yaadmei,
Ak Churi Ke Dekhle, Sanake Khetme.

एल्बम प्राप्ति **amazon.com/Dulal-Manki**

पुरस्कार एवं सम्मान कला के क्षेत्र में उल्लेखनीय कार्यों के लिए गीतकार दुलाल मानकी को वर्ष 2021 में देश के चौथे सर्वोच्च सम्मान पद्मश्री से अलंकृत किया गया। एपीपीएल फाउण्डेशन द्वारा वर्ष 2018 में उनको कल्चरल आइकॉन अवार्ड से सम्मानित किया गया। वर्ष 2013 में उनको डॉ० उपेन्द्र काकाती अवार्ड से पुरस्कृत किया गया। असमिया फिल्म श्रीमंत शंकरदेव के गीतों के लिए उन्हें वर्ष 2010 में 'प्राग सिने अवार्ड' से सम्मानित किया गया। असम राज्य सरकार के अलावा कई स्थानीय संगठनों द्वारा उनको सम्मानित किया जा चुका है, यथा- ऑयल इण्डिया लिमिटेड, असम भोजपुरी साहित्य सभा, एएसजीएसयू, भाजपा, पतांजली योग समिति, आदिवासी स्टूडेंट्स यूनियन इत्यादि।

❖❖❖

पद्मश्री डॉ. कामेश्वर ब्रह्मा, असम

बोड़ो संस्कृति की रक्षा के लिए सतत प्रयत्नशील

पद्मश्री	वर्ष 2016, साहित्य एवं शिक्षा के क्षेत्र में
जन्म	1 सितम्बर, 1940
जन्म स्थान	गाँव-भूमका, अनुमंडल गोसाईगाँव, कोकराझार, असम
जीवन परिचय	उत्तर में अरुणाचल प्रदेश, पूर्व में नागालैंड तथा मणिपुर, दक्षिण में मिजोरम तथा मेघालय राज्यों से घिरे असम की पश्चिम सीमा में बांग्लादेश स्थित है। भारत-भूटान तथा भारत-बांग्लादेश सीमा कुछ भागो में सुरम्य पर्वत श्रेणियों से घिरे असम से जुड़ी हैं। असम के सुदूर गाँव में एक अनुसूचित जनजातीय परिवार में जन्में कामेश्वर की प्रारम्भिक शिक्षा गाँव में ही हुई। आगे चलकर इन्होंने कोकराझार के जिला कॉलेज से स्नातक व एम०ए० की शिक्षा पूर्ण की। उसके बाद कामेश्वर ब्रह्मा जुट गए शोध कार्य में और पी-एचडी कर डॉक्टरेट की उपाधि प्राप्त की। डॉ० कामेश्वर ब्रह्मा गोसाईगाँव कॉलेज में बतौर प्राध्यापक नियुक्त कर लिए गए, जहाँ आगे चलकर वे दिनांक 1 नवम्बर 1985 से 31 अगस्त 2000 तक प्राचार्य रहे।
योगदान	डॉ० कामेश्वर ब्रह्मा ने जनजातीय समुदाय विशेषकर बोड़ो के सामाजिक-आर्थिक विकास जैसे महत्वपूर्ण मुद्दों पर गम्भीर साहित्य का सृजन किया। समाजसेवी डॉ० ब्रह्मा सामाजिक उत्थान एवं कल्याण के लिए भी निरन्तर प्रयत्नशील रहे। बोड़ो समुदाय के बच्चों की उच्च शिक्षा के लिए उन्होंने अतुलनीय प्रयास किए। दिनांक 30 अप्रैल 1995 को उद्‌घाटित 'गोसाईगाँव

बीएड कॉलेज' वर्तमान अध्यक्ष डॉ० कामेश्वर ब्रह्मा के मार्गदर्शन में प्रगति की ओर अग्रसर है।

https://www.gossaigaonbedcollege.org

वर्ष 2008 से 2016 तक डॉ० कामेश्वर ब्रह्मा बोड़ो के भाषा एवं साहित्य के प्रति समर्पित संस्था बोड़ो साहित्य सभा के अध्यक्ष पद को सुशोभित किया, उनके कार्यकाल में कई पुस्तकों का प्रकाशन हुआ। डॉ० ब्रह्मा जनजातीय साहित्य सभा (ITSSA) के सलाहकार भी रहे।

उनकी विख्यात कृतियाँ : अंग्रेजी-

Aspects of social customs of the Bodos-1989
A study of socio-religious beliefs, practices, and ceremonies of the Bodos: with special reference to the Bodos of Kokrajhar District-1992.

बोड़ो साहित्य सभा द्वारा प्रकाशित कृतियाँ-

Boroni Harimu, Undwi Laimwnfwrni Solo Batha, Boroni Harimu

पुरस्कार एवं सम्मान जनजातीय संस्कृति पर किए गए शोध कार्य एवं अद्वितीय पुस्तकों के लेखन के लिए डॉ० कामेश्वर ब्रह्मा को वर्ष 2016 में साहित्य एवं शिक्षा के क्षेत्र में देश के चौथे सर्वोच्च सम्मान पद्मश्री से विभूषित किया गया। असम के शिक्षा विभाग के अन्तर्गत बोडोलैंड प्रादेशिक परिषद (BTC) द्वारा डॉ० कामेश्वर ब्रह्मा को वर्ष 2016 में प्रमोद चन्द्र ब्रह्मा साहित्य पुरस्कार प्रदान किया गया।

सन्दर्भ **http://bodosahityasabha.org**

❖❖❖

पद्मश्री प्रहलाद चन्द्र तासा, असम

विख्यात असमिया साहित्यकार

- अंशु सारड़ा 'अन्वि'

पद्मश्री	वर्ष 2016, साहित्य एवं शिक्षा के क्षेत्र में
जन्म	26 अक्टूबर, 1950
जन्म स्थान	गाछेमोरा, ब्लॉक-बरबरुआ, डिब्रूगढ़, असम-786004
पिता	लखन तासा
माता	मुक्ति तासा
पत्नी	हेमा प्रभा गोगोई
जीवन परिचय	भारत विविधताओं से भरा हुआ देश है। इसके उत्तर-पूर्व में एक राज्य है असम, जिसमें कई पर्वतमालाएं, नदी, द्वीप, पहाड़ियां आदि प्राकृतिक खूबसूरती पाई जाती है। सबसे खास बात कि असम कभी भी मुस्लिम शासकों के कब्जे में नहीं रहा, कहा जाता है कि औरंगजेब ने असम पर हमला किया था लेकिन असफल रहा। आजादी के बाद असम एक बड़ा राज्य था, जिसकी राजधानी शिलांग थी। संस्कृति पर आधारित अलग राज्यों की मांग को लेकर 1957 में नागालैंड, फिर 1969 में मेघालय और 1972 में मिजोरम को असम से अलग कर दिया गया। वर्तमान में असम की राजधानी दिसपुर है। असम के डिगबोई को तेल नगरी के रूप में जाना जाता है, 19वीं सदी के अंतिम वर्षों में यहाँ कच्चे तेल की खोज की गयी थी। जिला तिनसुकिया के डिगबोई में एशिया

में पहली बार तेल कुएँ का खनन हुआ था। वर्ष 1901 में यहाँ एशिया की पहली रिफाइनरी की शुरुआत हुई थी। डिगबोई में तब के कुछ पुराने तेल कुँओं में आज भी तेल का उत्पादन जारी है।

असम में निवास करने वाली विभिन्न जातियों में एक है टी ट्राइब्स, जिसके अन्तर्गत लगभग 96 उपजातियाँ हैं- असुर, भोक्ता, भूमिज, बिरहर, चिक, दुषाद, गोंड, कोल, कालाहांडी, लोधी, मानकी, उरांव, पासी, संताल, तांती इत्यादि, इन्हीं में एक उपजाति है 'तासा', जिसमें जन्में प्रहलाद चन्द्र तासा, हालांकि असम राज्य के जातीय वर्गीकरण के दृष्टिकोण से टी ट्राइब्स तासा अनुसूचित जनजाति नहीं बल्कि अन्य पिछड़ा वर्ग के अन्तर्गत शामिल हैं।

प्रहलाद चन्द्र तासा का जन्म असम के चाय बागानों में कार्यरत गरीब मजदूर परिवार में हुआ, उनकी प्राथमिक शिक्षा गाँव के सरकारी विद्यालय में हुई। बच्चा मजदूर का हो या अमीर का, हर माता पिता चाहते हैं कि वे अपने बच्चे को उच्चतर शिक्षा दिलवाएं। प्रहलाद चन्द्र के पिता ने भी यही प्रयास किया, गाछेमोरा हाई स्कूल से उनकी मैट्रिकुलेशन के बाद उनका दाखिला डिब्रूगढ़ हनुमानबक्स सूरजमल कनोई कॉलेज (DHSK) में करवा दिया, जहाँ से उन्होंने स्नातक की पढ़ाई पूर्ण की। वर्ष 1973 में प्रहलाद चन्द्र तासा ने शिक्षण कार्य से रिश्ता जोड़ लिया, बतौर अस्थायी शिक्षक वे डिब्रूगढ़ के बागमीबार नीलमणि फुकान हायर सैकेंडरी स्कूल में पढ़ाने लगे। उसके बाद उन्होंने कमर गाँव के जमीरा टी

एस्टेट लोअर प्राइमरी स्कूल में पाँच वर्षों तक बतौर शिक्षक अपनी सेवाएँ दी। जहाँ से वर्ष 1980 में उनका तबादला बरबरुआ ब्लॉक के छंगमाई गोरिया गाँव के रामेश्वर हाई स्कूल में कर दिया गया।

वर्ष 1985 में प्रहलाद चन्द्र तासा की योग्यता व कार्यकुशलता से प्रभावित होकर उनको प्रोन्नति दी गई और उन्हें तिनसुकिया जिला में स्कूल सब इंस्पेक्टर के रूप में नियुक्त किया गया। उन्होंने 27 वर्षों तक शिक्षा विभाग में सेवा दी और वर्ष 2012 में बरबरुआ ब्लॉक के प्रारंभिक शिक्षा अधिकारी पद से सेवानिवृत्त हुए।

योगदान

साहित्य में गहरी रुचि रखने वाले प्रहलाद चन्द्र तासा ने कुछ अन्य साहित्यिक मित्रों के साथ मिलकर 1973-74 में जमीरा साहित्य सभा का गठन किया, स्वयं इस नए संगठन के संस्थापक महासचिव बने।

वर्ष 2000 में प्रहलाद चन्द्र तासा डिब्रूगढ़ साहित्य सभा के अध्यक्ष बने। तासा ने असम साहित्य सभा में भी काफी सक्रिय योगदान दिया, सभा के महासचिव व उपाध्यक्ष जैसे पदों पर रहते हुए पूरी ईमानदारी से अपने कर्तव्य का निर्वहन किया।

प्रहलाद चन्द्र तासा ने असमिया भाषा में कई शैक्षणिक पुस्तकों की रचना की। शिक्षा के साथ-साथ असम के सामाजिक- सांस्कृतिक परिवेश पर भी उनकी कई पुस्तकें प्रकाशित हुईं। असमिया साहित्य के प्रचार प्रसार में प्रहलाद चन्द्र तासा ने अविस्मरणीय योगदान दिया।

मुख्य कृतियाँ

चाय बागानों में कार्यरत टी ट्राइब्स श्रमिकों के जीवन पर लिखे गए विभिन्न लेखों का संकलन-
Asomor chah janagosthi, 2001
प्रकाशक : असम साहित्य सभा

काव्य संकलन Satabdi

आत्मकथा Byaktitor Sandhanot

गद्य Siksha Samikhya
Siksha Anwesha
Chah Bagichat Gana Sakhyarota
Chah Bagichat Sikshar Prokhar
Chah Shramikor Sanskritir Ruprekha

Jhumoir Nritya Geet
Chah Shramikor Swasthya Chinta

शिक्षक, साहित्यकार, सरकारी अधिकारी व कुशल संगठनकर्ता प्रहलाद चन्द्र तासा का यह मानना रहा है कि किसी भी समुदाय के अस्तित्व को बरकरार रखने के लिए तीन महत्वपूर्ण मापदंड हैं- भाषा, साहित्य और संस्कृति की रक्षा। अपनी 'भाषा' में ही उस समुदाय का 'साहित्य' लिखा होता है और साहित्य में ही समुदाय की 'संस्कृति' कलमबद्ध रहती है। यदि भाषा खो जाए, तो साहित्य नष्टप्राय: हो जाएगा और साहित्य नष्ट होता है, तो संस्कृति के समाप्त होने का खतरा है।

तासा का कहना है कि भले ही सरकार ने 1960 में असम राजभाषा अधिनियम को पारित कर 'असमिया भाषा' को आधिकारिक भाषा के रूप में मान्यता प्रदान कर दी है, परन्तु इसके संरक्षण की मुख्य जिम्मेदारी प्रत्येक असमिया की है। उनकी इस बात से हर भाषा भाषी को यह प्रेरणा लेनी चाहिए कि अपनी क्षेत्रीय मातृ भाषा को सदैव सम्मान दें। माता पिता अपने मूल निवास से कितनी भी दूर क्यूँ ना रहें, पर अपने बच्चों को मातृ भाषा अवश्य सिखाएं।

पुरस्कार एवं सम्मान साहित्य और शिक्षा के क्षेत्र में उल्लेखनीय योगदान के लिए वर्ष 2016 में प्रहलाद चन्द्र तासा को देश के चौथे सर्वोच्च पुरस्कार पद्मश्री से अलंकृत किया गया। पूर्वोत्तर के विभिन्न साहित्यिक एवं सामाजिक संस्थानों द्वारा समय समय पर तासा को सम्मानित किया जाता रहा है।

(**अंशु सारड़ा 'अन्वि'** गुवाहाटी, असम की रहने वाली हैं एवं स्वतंत्र पत्रकार हैं। प्रकाशित पुस्तक- 'इतना भर प्रेम')

❖❖❖

पद्मश्री जादव पायेंग, असम

फॉरेस्ट मैन ऑफ इंडिया

पद्मश्री	2015, पर्यावरण के क्षेत्र में
जन्म	1963
जन्म स्थान	अरुणा सपोरी तटीय, गाँव कोकिलामुख, जिला जोराहाट, असम-785108
सम्पर्क	जिला नागाँव, असम facebook.com@forestmanofindia
माता	अफुली पायेंग
पिता	लखीराम पायेंग
पत्नी	विनीता पायेंग

जीवन परिचय

भारत के पूर्वोत्तर में बसा एक खूबसूरत राज्य असम, जिसे प्रकृति ने मनोहर भव्यता, दुर्लभ तथा लगभग-विलुप्त वन्य जीवों की प्रचुरता का वरदान दिया है।

असम एक वैश्विक जैव-विविधता का 'हॉटस्पॉट' है, यहाँ पाई जाने वाली 41 सूचीबद्ध लुप्तप्राय वन्य जीव प्रजातियों में गोल्डन लंगूर, हूलोक्क लंगूर, पिग्मी सूअर, हिस्पिड खरगोश, सफेद पंखों वाली वुडडक, बाघ, क्लाउडेड तेंदुआ, स्वांप, हिरण, गंगा डॉल्फिन आदि शामिल हैं। इसके अतिरिक्त प्रवासी पक्षियों के झुंड असम को अपना प्राकृतिक आवास बनाते रहते हैं।

वर्ष 2011 की जनगणना के अनुसार असम की कुल जनसंख्या 3,12,05,576 है, जिसमें लगभग 12.45% अनुसूचित जनजाति के लोग शामिल हैं। असम में कई जनजातियाँ निवास करती हैं, जिनमें एक है मिसिंग या मिरी (Mising or Miri), जिनकी आबादी लगभग

680,424 है यानी कुल जनसंख्या का मात्र 2.18 प्रतिशत। इसी मिसिंग जनजाति में जन्में एक साधारण व्यक्ति जादव पायेंग ने अपने असाधारण प्रयासों से न केवल अपना बल्कि अपने समुदाय, अपने गाँव व अपने राज्य का नाम दूनिया के पर्यावरणीय मानचित्र पर स्वर्ण अक्षरों से अंकित कर दिया है।

छः भाई और सात बहनों में तीसरे जादव पायेंग के परिवार ने वर्ष 1965 के जलप्रलय के प्रकोप को झेला है। उनके परिवार को अपने गाँव से 12 किलोमीटर दूर माजुली गाँव में स्थानांतरित कर दिया गया। उनकी शिक्षा जोरहाट जिला न्यायालय के कोर्ट-मास्टर अनिल बोरठाकुर की देखरेख में हुई। उनका दाखिला बालीगांव जोराहाट के जगन्नाथ बरुआ आर्य विद्यालय में करवा दिया गया। उनके पशुपालक माता पिता दूध बेचकर अपना जीवन यापन करते थे, कुशाग्र बुद्धि जादव अभी दसवीं में ही थे कि उनके माता पिता की आकस्मिक मृत्यु हो गई, जादव को दसवीं के बाद पढ़ाई छोड़नी पड़ी, वे अपने पारिवारिक पशुपालन कार्य में जुट गए, वर्तमान में उनके पास लगभग सौ गाय-भैंस हैं।

योगदान

अप्रैल, 1979 जादव पायेंग 16 वर्ष के रहे होंगे, अपने पशुओं का चारा ढूंढने के क्रम में वे सुनसान सैंडबार (ब्रह्मपुत्र नदी का बालुयी तटीय क्षेत्र) में जा पहुंचे। जहाँ उन्होंने एक विचित्र नजारा देखा कि जगह जगह 100 से ज्यादा साँप मरे पड़े हैं। इसका कारण वे समझ ना सके, शाम को वे घर की ओर लौटने लगे, लेकिन वह दृश्य उनकी नजरों से ओझल नहीं हो पा रहा था,

किशोर जादव बैचेन हो गए। उन्होंने गाँव में पहुंचते ही ग्रामीणों को मरे हुए साँपो के विषय में बतलाया, उनकी बात सुनकर ग्रामीण जरा भी विचलित नहीं हुए। बल्कि 'देओरी जनजातीय समुदाय' के एक बुजुर्ग ग्रामीण ने जादव को अपने बगल में बैठाकर उसके सर पर हाथ फेरते हुए कहा कि हर जीव को जीवित रहने के लिए भोजन की जरूरत होती है। सबका भोजन अलग अलग होता है, साँप जीने के लिए मेढक, छिपकली, पक्षी चूहे जैसे छोटे जीवों को खाता है। छोटे जीव जीने के लिए जमीनी पौधे, घास, बीज, अनाज, पत्ते, सब्जियाँ, फल, छोटे कीट पतंग, कीड़े इत्यादि खाते हैं। किंतु सैंडबार में जब पेड़ पौधे ही नहीं बचे, तो छोटे जीव कैसे बचते, वे भी नष्टप्राय हो गए। जब छोटे जीव नहीं बचे, तो साँपो को भोजन कहाँ से मिलता, इसीलिए साँप मर रहे हैं।

बालक जादव के माथे पर चिंता की लकीरें खींच गई, गाँव के लोगों ने उनको समझाया। ग्रामीणों ने जादव को बांस के 25 पौधे एवं कुछ बीज दिए, जिन्हें लेकर दूसरे दिन अहले सुबह जादव निकल पड़े रेत और गाद से आच्छादित क्षत-विक्षत द्वीप का उपचार करने, धरती का श्रृंगार करने। अब यह उनके प्रतिदिन का नियम सा हो गया, अपने दैनिक कार्यों को निपटा कर जादव ब्रह्मपुत्र नदी के बालुई इलाके में जा पहुंचते और पौधारोपण किया करते। कभी कभी ग्रामीण भी निःस्वार्थ जादव की जिद भरे संकल्प में साथ देने पहुँच जाया करते। विभिन्न सामाजिक संस्थाओं एवं वन विभाग ने

भी जादव को काफी पौधे व बीज प्रदान किए। देखते देखते एक समय ऐसा आया कि एक बड़े भूभाग पर पौधरोपण हो चुका था। जादव ना केवल पौधरोपण करते, बल्कि उनको सहेजने के लिए यथासंभव प्रयत्न करते। आज मोलाई वन के नाम से विख्यात लगभग 550 हेक्टेयर (1,360 एकड़) का घना जंगल जादव पायेंग की पर्यावरण सेवा का गवाह है। उस जंगल में विचर रहे हजारों जीवजंतु पर्यावरणविद जादव पायेंग के ऋणी हैं।

मोलाई वन में बड़ी संख्या में वालकोल, अर्जुन (Terminalia arjuna), एजर (Lagerstroemia speciosa), गोल्डमोहर (Delonix regia), कोरोई (Albizia procera), मोज (Archidendron bigeminum), हीमोलू (Bombañ ceiba) इत्यादि के हजारों पेड़ हैं। लगभग 300 हेक्टेयर से अधिक के क्षेत्र में बांस का जंगल फैला हुआ है। वन में जंगली जीव जंतुओं की कई प्रजातियाँ यथा बंगाल के बाघ, भारतीय गैंडे, हिरण, खरगोश, बंदर भरे पड़े हैं। लगभग 100 हाथियों का झुंड हर साल नियमित रूप से जंगल में आता है और आम तौर पर छह महीने तक प्रवास करता हैं। मोलाई वन कई प्रकार के पक्षियों का घर है, जिनमें बड़ी संख्या में गिद्ध भी शामिल हैं। पर्यावरणविद जादव पायेंग के अद्भुत प्रयासों से प्रभावित होकर उन्हें मैक्सिको (नार्थ अमेरिका) में आमंत्रित किया गया है। उन्हें 10 साल का वीजा प्रदान किया गया है, वे साल में तीन महीने मैक्सिको में रहेंगे और वहाँ 8 लाख हेक्टेयर भूमि पर पौधारोपण करने की

ऑक्सीजन परियोजना में मार्गदर्शन देंगे। इस कार्य के लिए 6 दिसंबर 2020 को Puebla City (Mexico) में मैक्सिकन एनजीओ Fundacion Azteca की ओर से पूर्व मैक्सिकन सीनेटर निनफा सेलिनास सदा (Ninfa Salinas Sada) एवं जादव पायेंग ने एक समझौते (MOU) पर हस्ताक्षर किए।

पुस्तक

फॉरेस्ट मैन ऑफ असम जादव पायेंग के पेड़ और पर्यावरण के प्रति प्रेम की प्रेरक कहानी को बच्चों तक पहुँचाने के लिए विनायक वर्मा ने अंग्रेजी में 24 पृष्ठों की एक सचित्र बाल पुस्तक लिखी– 'Jadav and the Tree-Place', जो प्रथम बुक्स द्वारा प्रकाशित की गई। इस पुस्तक को Best of Indian Children Writing (BICW) 2019 अवार्ड भी प्राप्त हुआ।

'फॉरेस्ट मैन ऑफ इंडिया' जादव पायेंग की कहानी अब न केवल देश में बल्कि विदेशों में भी छात्रों द्वारा प्रेरणा के रूप में पढ़ी जाएगी। उनके संघर्ष, सफलता व हरियाली की कहानी अब यूएस स्कूल करिकुलम का हिस्सा बन चुकी है। Greene Hills School (Bristol,

Connecticut, US) के पाठ्यक्रम में आदिवासी बालक जादव से फॉरेस्ट मैन बनने की स्टोरी को शामिल किया गया है।

फिल्म

पर्यावरण वैज्ञानिक डॉ. जादव पायेंग की सफलता की कहानी को बयां करती साउथ के सुपरस्टार राणा दग्गूबटी द्वारा अभिनीत एवं विख्यात निर्देशक प्रभु सोलोमन द्वारा निर्देशित फिल्म वर्ष 2021 में एक साथ तीन भाषाओं हिंदी, तेलुगु और तमिल में रिलीज हुई है।

हिंदी- हाथी मेरा साथी

तेलगु- अरण्य

तमिल- कादन

इसके पूर्व वर्ष 2012 में उनके गाँव के ही जीतू कालीता ने उनके संघर्ष पर एक डॉक्युमेंट्री तैयार की थी- 'द मोलाई फॉरेस्ट', जिसका प्रदर्शन जेएनयू, दिल्ली में भी किया गया था।

डॉक्युमेंट्री फिल्ममेकर आरती श्रीवास्तव द्वारा जादव पायेंग पर वर्ष 2013 में 69 मिनट की एक हिंदी फिल्म- 'फॉरेस्टींग लाइफ' (Foresting Life) बनाई गई, जिसे नेशनल फिल्म अवार्ड प्राप्त हुआ था।

मन की बात

रविवार 28 फरवरी, 2021 को प्रधानमंत्री नरेंद्र मोदी ने रविवार को अपने प्रमुख कार्यक्रम- 'मन की बात' में पर्यावरणविद जादव पायेंग की उपलब्धियों की चर्चा करते हुए उनके वन संरक्षण, जल संरक्षण और प्रकृति संरक्षण के लिए किये गये कार्यों की सराहना की।

डाक्टरेट

गुवाहाटी यूनिवर्सिटी (GU) के 25वें दीक्षांत समारोह में दिनांक 30 मार्च, 2015 को फॉरेस्ट मैन जादव पायेंग को डाक्टरेट की मानद उपाधि (Honoris Causa D-Litt.) से विभूषित किया गया।

दिनांक 13 जनवरी, 2019 को जोराहाट, असम के काजीरंगा विश्वविद्यालय (KU) के पांचवें दीक्षांत समारोह में वानिकी कार्यकर्ता जादव पायेंग को मानद पीएचडी (डॉक्टर ऑफ फिलॉसफी) से सम्मानित किया गया।

सम्मान एवं पुरस्कार पर्यावरण के क्षेत्र में किए गए अतुलनीय कार्य के लिए जादव पायेंग को वर्ष 2015 में देश के चौथे सर्वोच्च सम्मान पद्मश्री से अलंकृत किया गया। वर्ष 2013 में जादव पायेंग को भारतीय वन प्रबंधन संस्थान (IIFM) द्वारा सम्मानित किया गया। दिनांक 22 अप्रैल 2012 को जवाहरलाल नेहरू विश्वविद्यालय, दिल्ली में आयोजित एक कार्यक्रम में कुलपति सुधीर कुमार सोपोरी द्वारा उन्हें-'फॉरेस्ट मैन ऑफ इंडिया' की उपाधि प्रदान की गई।

❖❖❖

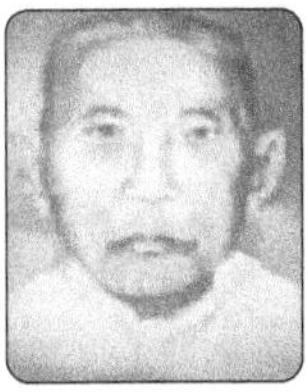

पद्मश्री मदराम ब्रह्मा, असम

बोड़ो भाषा के विख्यात कवि एवं नाटककार

पद्मश्री	वर्ष 1988, साहित्य एवं शिक्षा के क्षेत्र में
जन्म	5 जून, 1903
जन्म स्थान	ब्लॉक डोटमा, जिला कोकराझार, असम-783347
निधन	6 सितम्बर, 1990
निधन स्थल	रूपनाथ ब्रह्मा सिविल हॉस्पीटल, जिला कोकराझार, असम-783370
पिता	रशना ब्रह्मा
माता	विसागी ब्रह्मा
पत्नी	रूपेश्वरी ब्रह्मा
जीवन परिचय	प्राचीनकाल में असम को 'प्राग्ज्योतिष' अर्थात् 'पूर्वी ज्योतिष का स्थान' कहा जाता था। असम का कामाख्या मन्दिर विश्वप्रसिद्ध है, तंत्र-मंत्र-यंत्र साधना हेतु सभी प्रकार की सिद्धियाँ एवं मंत्रों के पुरश्चरण हेतु यहाँ उच्च कोटियों के तांत्रिकों-मांत्रिकों, अघोरियों का बड़ा जमघट लगा रहता है। शक्तिपीठ होने के कारण यहाँ बड़ी संख्या में तीर्थयात्री भी पहुंचते हैं। असम पूर्वोत्तर भारत का प्रहरी और पूर्वोत्तर राज्यों का प्रवेशद्वार है। असम की कई विशेषताएँ पर्यटकों को आकर्षित करती हैं, एक सींग वाला गैंडा (Indian Rhinoceros) पूरे भारत में केवल असम में ही पाया जाता है। हालांकि अवैध शिकार के कारण इनकी संख्या काफी घट चुकी है। आज भी असम के चार संरक्षित क्षेत्रों (पोबितोरा वन्यजीव अभयारण्य, राजीव गांधी ओरंग नेशनल पार्क, काजीरंगा नेशनल पार्क और मानस राष्ट्रीय उद्यान) में

लगभग 2,640 गैंडे हैं।

असम में वैसे तो कई जनजातियाँ निवास करती हैं, किन्तु उसमें सबसे बड़ी आबादी है बोड़ो की, वर्ष 2011 की जनगणना के अनुसार इनकी जनसंख्या 14,16,125 है, इनकी भाषा भी बोड़ो/बोरो ही है, जिसे अधिकांशतः देवनागरी में ही लिखा जाता है। इसी बोड़ो जनजाति के परिवार में जन्में मदराम ब्रह्मा (Madaram Brahma).

गाँव के पुथिमारी प्राइमरी स्कूल में कक्षा चौथी तक पढ़ने के बाद उनकी आगे की पढ़ाई नजदीक के गाँव में अवस्थित मिडिल स्कूल में हुई। वर्ष 1919 में उनका दाखिला धुबरी म्युनिसिपल हाई स्कूल में करवा दिया गया, जहाँ से मदराम ब्रह्मा ने वर्ष 1923 में मैट्रिकुलेशन की परीक्षा उत्तीर्ण की। इसके बाद उच्च शिक्षा के लिए उन्होंने गुवाहाटी के कॉटन कॉलेज (वर्तमान में कॉटन यूनिवर्सिटी) में दाखिला लिया, जहाँ से उन्होंने कला में स्नातक किया। वर्ष 1926 में उनके पिता का देहान्त हो गया।

पिता के निधन के बाद घर की जिम्मेदारी उनके कंधो पर आ पड़ी, विद्वान मदराम शिक्षण कार्य में जुट गए, उनकी नियुक्ति धुबरी जिले के एक सरकारी विद्यालय में हो गई। वर्ष 1932 में उनको प्रोन्नति देते हुए जिला दार्रांग के हरिसिंह हाई स्कूल में प्रधानाध्यापक नियुक्त किया गया। कार्य के प्रति उनकी लगन व दक्षता को देखते हुए सरकार ने वर्ष 1945 में उनको सरकारी सेवा में नियुक्ति दे दी, वर्ष 1948 में उनको प्रखंड विकास पदाधिकारी का दायित्व दे दिया गया। सरकारी सेवा से वे वर्ष 1961 में सेवानिवृत्त हुए।

योगदान

संभवतः मदराम ब्रह्मा बोड़ो जनजाति के पहले व्यक्ति थे, जो सरकारी अधिकारी बने। मदराम ब्रह्मा एक अच्छे सामाजिक कार्यकर्ता थे, शिक्षा के प्रचार प्रसार के लिए उन्होंने काफी कार्य किए। कई शिक्षण संस्थानों की स्थापना में उनका महत्वपूर्ण योगदान था, यथा; कोकराझार विद्यापीठ हाई स्कूल, कोकराझार हायर सेकेंडरी स्कूल,

बी.टी. कॉलेज इत्यादि। वे जीवनपर्यन्त कई सामाजिक संगठनों से जुड़े रहे- ऑल बोडो छात्र संघ (ABSU), बोडो साहित्य सभा, ऑल ब्रह्मा धर्म कमिटी इत्यादि। शिक्षक, प्रशासनिक अधिकारी, सामाजिक कार्यकर्ता व इन सबसे बढ़कर मदराम ब्रह्मा थे बोड़ो भाषा के अप्रतिम साहित्यकार, कवि, गीतकार एवं नाटककार। उनकी कई पुस्तकें व रचनाएँ प्रकाशित हुई, उनकी कई रचनाएँ स्कूली पाठ्यक्रम का हिस्सा बन चुकी हैं।

उनकी कृतियाँ

काव्य संग्रह- Boroni Gudi Sibsa Arw Aroj, 1926
Rupesri Raithai Khanthai, 1988

नाटक- Raimali
Dimapur Nwgwr Bainai
Sadang Bairagi
Boroni Solo-batha, 1968
Phangseao Bibar Barnwi

सह सम्पादन- Khonthai Methai, 1923

विख्यात कविताएँ- Ondw Jwngkhoubw Afa
Afa Laori
Ayo Dodere Mainao
Ayo Bibar
Ayo Bima Swr Jakhw
Jakhangdw Borofwr
Doito Hwnjabla
Databaiswi Afafwr
Fwidwng Bifa Dinwisw
Bung Borofwr
Lekha Fwrwng
Habab Jwngni Boro
He Dwhwrwm Afa
Swnabni Baar
Dani Boro Fisa

पुरस्कार एवं सम्मान बोड़ो साहित्य के क्षेत्र में उल्लेखनीय योगदान के लिए

मदराम ब्रह्मा को वर्ष 1988 में देश के चौथे सर्वोच्च सम्मान पद्मश्री से विभूषित किया गया। वे बोड़ो जनजाति के पहले व्यक्ति थे, जिनको यह गौरव प्राप्त हुआ। असम सरकार की ओर से उनको आजीवन साहित्यिक पेंशन प्रदान की गई। असम सरकार द्वारा उनकी स्मृति में वर्ष 1995 में तिहू शहर में 'पद्मश्री मदराम ब्रह्मा मेस मिडिल स्कूल' की स्थापना की गई। वर्ष 2015 में बालागाँव में अवस्थित बोडोलैंड यूनिवर्सिटी की सेन्ट्रल लाइब्रेरी का नामकरण भी ब्रह्मा के नाम पर किया गया।

❖❖❖

पद्मश्री गुरु रेवबेन माशंग्वा, मणिपुर

नागा जनजाति के विख्यात लोक गायक व संगीतज्ञ

पद्मश्री	वर्ष 2021, कला के क्षेत्र में
जन्म	21 जून, 1961
जन्म स्थान	गाँव चोईथर, जिला उखरूल, मणिपुर
सम्पर्क	सी-ब्लॉक, नगरम, स्टेडियम रोड, इम्फाल, मणिपुर-795005
ईमेल	info@rewben.com
फेसबुक	gururewbenmashangva
पिता	शांगफाई माशंग्वा
माता	लासेंग्ला माशंग्वा

जीवन परिचय

उत्तर में नागालैंड, दक्षिण में मिजोरम, पश्चिम में असम राज्य की सीमाओं से घिरा हुआ मणिपुर भारत का एक पूर्वोत्तर राज्य है, जिसकी अंतरराष्ट्रीय सीमा पूर्व में म्यांमार से मिलती है। मात्र 28,55,794 जनसंख्या वाले इस छोटे से राज्य की विधानसभा में 60 सीटें हैं। लोकसभा में 2 एवं राज्यसभा में 1 सांसद मणिपुर का प्रतिनिधित्व करते हैं।

मणिपुर के पर्वतीय क्षेत्रों में नागा व कुकी जनजाति के लोग रहते हैं। वर्ष 2001 की जनगणना के अनुसार तांगखुल नागा जनजाति की जनसंख्या 1,46,075 है, जो वहाँ की कूल अनुसूचित जनजाति का 19.7% है। इसी तांगखुल नागा जनजाति के एक महान लोक गायक व संगीतज्ञ हैं 'गुरु रेवबेन माशंग्वा' (Guru Rewben Mashangva), जो मणिपुर में विभिन्न नामों से विख्यात हैं- Bob Dylan of the Nagas, King of

Naga folk blues, Father of Naga folk blues. आदिवासी प्रकृति और संस्कृति के बड़े नजदीक रहते हैं, लोकगीत, नृत्य और वाद्ययंत्र इनकी दैनिक जीवनशैली में शुमार हैं। रेवबेन माशंग्वा के पिता पारंपरिक लोकगीत हाओ गाया करते थे, जिसे बालक रेवबेन सुना करते और गुनगुनाया करते। रेवबेन की रुचि गायन में बढ़ने लगी, धीरे धीरे वे चर्च में कैरोल (Carol) गाने लगे। वर्ष 1992 में उखरूल में आयोजित नागा स्टूडेंट्स फेडरेशन कान्फ्रेंस के मंच पर युवा रेवबेन माशंग्वा को लोकगीत गायन का अवसर मिला, जिसमें उन्होंने अपनी विशिष्ट गायन शैली से युवाओं को झूमने पर मजबूर कर दिया। उसके बाद तो उनकी आवाज की जादूगरी से श्रोताओं की भीड़ सहज आकर्षित होकर आने लगी और रेवबेन अब हर सांस्कृतिक आयोजनों में बुलाए जाने लगे। आयोजनों में भाग लेने के दौरान रेवबेन माशंग्वा अपनी नागा जनजाति के बुजुर्गों से मिलते और उनसे पुराने लोकगीतों के विषय में चर्चा किया करते। गीत संगीत के क्षेत्र में उनका व्यावहारिक अध्ययन गहरा होता चला गया, उन्होंने एक शोधार्थी की तरह गाँव-गाँव की यात्रा की, पुराने लोगों से मिले, उनकी याददाश्त में बिखरे शब्दों को समेटा, लुप्तप्राय: लोकगीतों को रिकॉर्ड किया और एक समृद्ध प्राचीन लोककला को लुप्त होने से बचा लिया।

योगदान

मणिपुर के तांगखुल नागा की संगीत परंपरा को पुनर्जीवित करने का श्रेय जाता है गुरु रेवबेन माशंग्वा को, उनकी विशेषता है कि वे अपने गीतों में पारंपरिक संगीत

वाद्ययंत्रों का प्रयोग करते हैं। विश्व विख्यात संगीतज्ञ बॉब डॉयलन (Bob Dylan) और बॉब मार्ले (Bob Marley) जैसे संगीतकारों से प्रभावित होकर उन्होंने ब्लूज (Blues) और बल्लाड रिदम (Ballad Rhythms) पर आधारित कई नागा आदिवासी लोक गीत तैयार किए हैं।

रेवबेन ना केवल एक प्रतिभाशाली गायक एवं संगीतकार हैं बल्कि लोक संगीत शोधकर्ता और संगीत वाद्ययंत्र के निर्माता भी हैं। वे गिटार व हारमोनिका बजाते हैं, विशेष कर वे स्वयं के द्वारा निर्मित एक बांसुरी बजाते हैं, जिसमें चार छेद होते हैं, इस नागा लोक वाद्ययंत्र को यंगकहुई (Yangkahui) कहा जाता है। यह पारंपरिक तांगखुल नागा बांसुरी लगभग तीन फीट लंबी एवं बहुत पतली होती है, जो बांस से बनी होती है और उसमें घोड़े की पूंछ के बालों से बने तार होते हैं।

एमटीवी (MTV) के विख्यात धारावाहिक द देवारिस्ट्स (The Dewarists) में वर्ष 2011 में पहले सीजन के दसवें एपिसोड 'मस्ती की बस्ती' में गुरु रेवबेन माशंग्वा ने कर्नाटक के रघु दीक्षित के साथ प्रस्तुती दी, इस एपिसोड की शूटिंग मेघालय के शिलांग में हुई थी।

गुरु रेवबेन माशंग्वा ने कई फीचर एवं लघु फिल्मों में गीत और संगीत दिए, राष्ट्रीय पुरस्कार विजेता मणिपुरी फीचर फिल्म Mayophigi Macha में उन्होंने जमकर प्रशंसा लूटी। उन्होंने विख्यात फिल्म निर्माता ओइनम डोरेन (Oinam Doren) द्वारा निर्मित फीचर फिल्म कोकेन (Koken) में मणिपुरी भाषा में 'हरे राम हरे कृष्ण' का अतुलनीय गायन किया। लुप्त होते नागा जनजाति की कहानी पर आधारित फिल्म 'द लोनली विलेज' में रेवबेन के संगीत की काफी तारीफ हुई। वर्ष 2010 में प्रदर्शित 62 मिनट की डॉक्यूमेंटरी फिल्म 'Songs of Mashangva' को Best Anthropological Ethnographic Film के लिए नेशनल फिल्म अवार्ड प्राप्त हुआ।

गुरु रेवबेन माशंग्वा न केवल एक गायक हैं बल्कि वे

मणिपुर के सांस्कृतिक राजदूत हैं। वे ऑल इण्डिया रेडियो- पूर्वोत्तर के सबसे ज्यादा सुने जाने वाले व पसन्द किए जाने वाले कलाकारों में एक हैं।

प्रसिद्ध एल्बम TANTIVY (Folk Art & Cultural Guild - 1999)
CREATION (Roots Release - 2007)
OUR STORY (Bennett Colemam - 2012)

वर्तमान में गुरु रेवबेन माशंग्वा द्वारा उखरूल में एक निजी लोक संग्रहालय सह नागा लोक संगीत अकादमी का संचालन किया जा रहा है, जहाँ ना केवल प्राचीन वाद्ययंत्रों को प्रदर्शित किया गया है बल्कि नागाओं के पारंपरिक आदिवासी संगीत वाद्ययंत्रो का निर्माण व विक्रय भी किया जाता है। अकादमी के निदेशक के रुप में गुरु रेवबेन माशंग्वा आज के युवाओं के लिए पारंपरिक लोकसंगीत की कार्यशालाओं का आयोजन करते हैं। वे अपनी प्राचीन नागा परंपरा एवं संस्कृति के संरक्षण के लिए संकल्पित होकर कार्य कर रहे हैं। गुरु रेवबेन माशंग्वा चार पुत्रियों और एक पुत्र के पिता हैं, उनका पुत्र साका माशंग्वा भी उनके मार्गदर्शन में अपनी नागा लोकगीत संगीत परंपरा को अगली पीढ़ी तक ले जाने वाली राह पर चल पड़ा है।

पुरस्कार एवं सम्मान कला (लोकगीत और संगीत) के क्षेत्र में अविस्मरणीय योगदान के लिए वर्ष 2021 में गुरु रेवबेन माशंग्वा को देश के चौथे सर्वोच्च सम्मान पद्मश्री से अलंकृत किया गया। वर्ष 2004-05 में भारत सरकार के संस्कृति मंत्रालय के अन्तर्गत उत्तर पूर्व क्षेत्र सांस्कृतिक केन्द्र (NEZCC) द्वारा उन्हें गुरु की 'उपाधि' प्रदान की गई। वर्ष 2005 में जनजातीय लोक संगीत के लिए उनको मणिपुर कला अकादमी सम्मान प्रदान किया गया। वर्ष 2009 में इण्डियन चैंबर ऑफ कामर्स द्वारा उनको पूर्वोत्तर एक्सीलेंस अवार्ड से सम्मानित किया गया। वर्ष 2012 में भारत सरकार के जनजातीय मंत्रालय द्वारा गुरु रेवबेन को 'राष्ट्रीय जनजातीय पुरस्कार' से सम्मानित किया गया।

❖❖❖

पद्मश्री मेजर रालेंग्नाओ खातिंग, मणिपुर

भारत के प्रथम जनजातीय राजदूत-बर्मा, 1972

पद्मश्री	वर्ष 1957, सार्वजनिक मामलों के क्षेत्र में
जन्म	28 फरवरी, 1912
जन्म स्थान	जिला उखरूल, मणिपुर
निधन	12 जनवरी, 1990
निधन स्थल	वैली व्यू, मंत्रीपुखरी, इम्फाल, मणिपुर
पुत्र	2 (जॉन सोमी आर खातिंग, आई. आर. एस., पूर्व चीफ कमिश्नर ऑफ कस्टम एंड सेंट्रल एक्साइज एवं डॉ. डारलैंडों टी. खातिंग, झारखंड केन्द्रीय विश्वविद्यालय के प्रथम कुलपति)
पुत्रियाँ	2 (लेबल्ला खातिंग गुप्ता, सचिव, ऑल इंडिया किचन गार्डेन एसोसिएशन एवं प्रो० सेला एन खातिंग, अंग्रेजी विभागाध्यक्ष, लेडी किन कॉलेज, शिलांग, मेघालय)
जीवन परिचय	पूर्वोत्तर भारत की पहाड़ियों और झीलों के बीच स्थित अपनी सदाबहार प्राकृतिक सुंदरता, परंपराओं और समृद्ध संस्कृति के लिए मशहूर एक छोटा-सा राज्य है- मणिपुर। वैसे तो यह राज्य देश की आजादी के समय से ही भारत का हिस्सा रहा किन्तु मणिपुर को पूर्ण राज्य का दर्जा प्राप्त हुआ दिनांक 21 जनवरी 1972 को, जब वहाँ 60 निर्वाचित सदस्यों वाली विधानसभा गठित कर दी गई। जिसमें 19 सीटें अनुसूचित जनजाति और 1 सीट अनुसूचित जाति के लिए आरक्षित है।

कहते हैं कि अपने देश की संस्कृति हजारों साल पुरानी है, लेकिन इतिहासकारों ने संस्कृति के संवाहको के

साथ न्याय नहीं किया। मेरा मानना है कि भारतीय संस्कृति और सभ्यता की सबसे बड़ी संवाहक हैं यहाँ की विभिन्न जनजातियाँ, जो स्वयं में एक-एक इतिहास को समेटे हुए हैं, जिन्हें कलमबद्ध नहीं किया जा सका। भारत के विभिन्न राज्यों में फैली इन जनजातियों ने ना केवल पौराणिक संस्कृति और परंपराओं को कायम रखा है बल्कि आधुनिकता की इस अंधी दौड़ में भी सांस्कृतिक विरासतों को सहेज रखा है।

भारत म्यांमार सीमा पर मणिपुर में एक ऐसी ही जनजाति निवास करती है- 'तांगखुल नागा', जो 12वीं सदी के समृद्ध इतिहास को संजोए हुए है। इसी तांगखुल नागा जनजाति ने देश को कई महान विभूतियाँ दी, जिनमें एक थे- मेजर रालेंग्नाओ बॉब खातिंग (Major Ralengnao Bob Khathing)

बॉब खातिंग के नाम से विख्यात रालेंग्नाओ खातिंग का जन्म तांगखुल जनजाति बहुल उखरूल जिले में हुआ। इनकी प्राथमिक शिक्षा गांव के ही कांगपोकपी मिशन एम.ई. स्कूल से हुई, फिर इम्फाल के जॉनस्टोन हायर सेकेंडरी स्कूल से उन्होंने मैट्रिक की परीक्षा उत्तीर्ण की। इसके बाद उच्च शिक्षा के लिए उन्होंने गुवाहाटी के कॉटन कॉलेज (वर्तमान में कॉटन यूनिवर्सिटी) में दाखिला लिया, जहाँ से उन्होंने स्नातक किया। रालेंग्नाओ खातिंग मणिपुर के प्रथम आदिवासी रहे होंगे, जिन्होंने स्नातक किया।

ग्रेजुएशन के पश्चात रालेंग्नाओ खातिंग तत्कालीन 19 वीं हैदराबाद रेजिमेंट से जुड़ गए, जहाँ आगे चलकर वे

कमिश्नर बने और वर्ष 1940 में बतौर आयुक्त द्वितीय विश्व युद्ध में भाग लिया, इसी 19 वीं हैदराबाद रेजिमेंट को देश की आजादी के बाद कुमाऊँ रेजिमेंट के रूप में जाना जाने लगा।

वर्ष 1942 में द्वितीय विश्व युद्ध के दौरान जब जापान द्वारा भारत पर आक्रमण करने की संभावना लग रही थी, तब एक गुरिल्ला संगठन 'वी फोर्स ऑपरेशन' का गठन किया गया, जिसका संचालन क्षेत्र भारत और बर्मा के बीच की सीमा थी, इस वी फोर्स में स्थानीय कप्तान के रुप में रालेंग्नाओ खातिंग ने अपना योगदान दिया था। मेजर रालेंग्नाओ बॉब खातिंग नेशनल डिफेंस कॉलेज, नई दिल्ली में अध्ययन करने वाले पहले भारतीय नागरिक थे।

योगदान

वर्ष 1947, देश की आजादी के बाद मणिपुर राज्य में 'अंतरिम मणिपुर परिषद' का गठन किया गया, जिसमें महाराजकुमार प्रियब्रत सिंह मुख्यमंत्री बने एवं उनके मंत्रिमण्डल में शामिल हुए- 1. श्री कोंजेंगबम गौरो सिंह (शिक्षा एवं प्रेस), 2. मौलवी बसीरुद्दीन अहमद (जेल, चिकित्सा एवं सार्वजनिक निर्माण), 3. श्री सिनम कृष्णामोहन सिंह (वित्त, वाणिज्य, वन कृषि और पशु चिकित्सा), 4. राजकुमार भुबोन्सना सिंह (राजस्व), 5. श्री टीसी टियानखम (वन) और 6. मेजर रालेंग्नाओ बॉब खातिंग (पर्वतीय मामले)'*

वर्ष 1948, मेजर रालेंग्नाओ बॉब खातिंग को असम राइफल्स की दूसरी बटालियन के सहायक कमांडेंट के रूप में नियुक्त किया गया। अगस्त, 1950 में असम में

भारी भूकंप के बाद बचाव एवं पुनर्वास कार्यों में उनका उल्लेखनीय योगदान रहा।

वर्ष 1951, मेजर रालेंग्नाओ बॉब खातिंग की नियुक्ति नॉर्थ ईस्ट फ्रंटियर एजेंसी (NEFA) में सहायक राजनीतिक अधिकारी के रूप में कर दी गई। अरुणाचल प्रदेश का एक शहर 'तवांग' जो कि चाईना के शहर ल्हासा का हिस्सा बन चुका था एवं तत्कालीन स्वतंत्र तिब्बती सरकार के प्रशासनिक नियंत्रण में था, उसे मुक्त कराकर भारत की सीमा में लाने का श्रेय मेजर बॉब खातिंग को जाता है। उनके नेतृत्व में 17 जनवरी, 1951 को असम राइफल्स के 200 सैनिकों और 600 पोर्टरों ने तवांग की ओर मार्च किया। जहाँ शिमला अधिवेशन-1914 के तहत निश्चित की गई भारत चाईना अंतरराष्ट्रीय सीमा 'मैकमोहन लाइन' पर 'बम-ला-पास' क्षेत्र में उन्होंने तिरंगा लहराया। आज तवांग निर्विवाद तौर पर अपने देश का अभिन्न अंग है।

वर्ष 1954, भारत सरकार द्वारा भारतीय सीमांत प्रशासनिक सेवा (IFAS) का गठन किया गया। जिसमें मेजर रालेंग्नाओ बॉब खातिंग को शामिल किया गया एवं बतौर राजनीतिक अधिकारी उनकी नियुक्ति नागालैंड के तुएनसांग जिले (Tuensang) में हुई।

वर्ष 1958, मेजर रालेंग्नाओ बॉब खातिंग (IFAS) को पदोन्नत कर मोकोकचुंग जिले (Mokokchung) के पहले उपायुक्त के पद पर नियुक्त किया गया।

वर्ष 1962, मेजर रालेंग्नाओ बॉब खातिंग आई.एफ.ए.एस. को सिक्किम के विकास आयुक्त के रूप में

नियुक्त किया गया, उसी वर्ष अक्टूबर में चाइना-भारत युद्ध के दौरान उनका तबादला नॉर्थ ईस्ट फ्रंटियर एजेंसी (NEFA) में सुरक्षा आयुक्त पद पर कर दिया गया।

दिनांक 4 अक्टूबर, 1962 को असम के तेजपुर में गठित भरतीय सेना द्वारा गठित IV कोर (गजराज वाहिनी) में मेजर बॉब खातिंग ने मुख्य जनसम्पर्क अधिकारी के दायित्व का निर्वहन किया। युद्ध के बाद स्थापित अर्धसैनिक बल एवं सशस्त्र सीमा बल के गठन में भी उनका अहम योगदान रहा।

दिनांक 1 दिसम्बर, 1963 को नागालैंड राज्य का गठन हुआ। वर्ष 1967 में मेजर बॉब खातिंग को वहाँ के मुख्य सचिव पद पर नियुक्त किया गया। अपने कार्यकाल के दौरान उन्होंने नागालैंड सशस्त्र पुलिस और नागा रेजिमेंट की स्थापना की।

वर्ष 1972, मेजर रालेंग्नाओ बॉब खातिंग बर्मा (वर्तमान म्यांमार) में भारतीय राजदूत मनोनीत किए गए। संभवतः विदेश में राजदूत बनने वाले वे पहले भारतीय आदिवासी थे।

वर्ष 1975 के बाद भी मेजर बॉब खातिंग ने मणिपुर के राज्यपाल के सलाहकार, जनजातीय न्याय आयोग और प्रशासनिक सुधार आयोग के चेयरमैन, नागालैंड प्रशासनिक आयोग के चेयरमैन इत्यादि कई महत्वपूर्ण दायित्व निभाए। मणिपुर की पहाड़ियों में पैदा होने वाले ट्राइबल बॉब खातिंग एक आत्मविश्वासी, दृढ़ निश्चयी एवं वीर युद्ध नायक होने के साथ साथ कुशल व ईमानदार प्रशासक थे, जिन्होंने अपने जीवन में कई

कीर्तिमान स्थापित किए।

वर्ष 1992 में लेखक एच भुवन सिंह द्वारा लिखी गई 69 पृष्ठीय एक पुस्तक भी प्रकाशित हो चुकी है- Major Bob Khathing: The Profile of a Nationalist Manipuri Naga.

पुरस्कार एवं सम्मान सार्वजनिक मामलों के क्षेत्र में लम्बी व विशिष्ट सेवा एवं उल्लेखनीय योगदान के लिए वर्ष 1957 में मेजर रालेंग्नाओ बॉब खातिंग को देश के चौथे सर्वोच्च नागरिक अलंकार पद्मश्री से सम्मानित किया गया। पद्म सम्मान से अलंकृत होने वाले वे मणिपुर के प्रथम व्यक्ति थे।

दिनांक 14 फरवरी, 2021 को अरुणाचल प्रदेश के तवांग शहर में अवस्थित कलावांगपो सभागार में 'मेजर रालेंग्नाओ बॉब खातिंग मेमोरियल' का शिलान्यास किया गया एवं बॉब खातिंग को मरणोपरांत राज्य का सर्वोच्च पुरस्कार 'अरुणाचल रत्न' प्रदान किया गया, जो उनके सुपुत्र जॉन (सेवानिवृत्त आईआरएस अधिकारी) ने ग्रहण किया। द्वितीय विश्व युद्ध के दौरान उनकी सेवाओं के लिए ब्रिटिश साम्राज्य द्वारा बॉब खातिंग को मिलिट्री क्रॉस (MC) से सम्मानित किया गया था। क्वीन ऑफ यूनाइटेड किंगडम ने उन्हें मेम्बर ऑफ द ऑर्डर ऑफ द ब्रिटिश एम्पायर (MBE) की उपाधि से सम्मानित किया। भारतीय सेना द्वारा भी उन्हें दो बार वीरता प्रमाणपत्र से सम्मानित किया गया। इम्फाल के मंत्रीपुखरी में बॉब खातिंग का समाधि स्थल निर्मित है।

*Proceedings of the Indian History Congress Vol-74 (2013),
pp-667 & 674 (8 pages) &
POLITICAL CLIMATE OF MANIPUR
DURING THE TRANSITIONARY PERIOD, 1946 & 52:
SOME REFLECTIONS : Priyadarshni M.Gangte

❖❖❖

पद्मश्री अंशु जामसेनपा, अरुणाचल प्रदेश

पाँच बार माउंट एवरेस्ट फतह करने वाली पहली महिला

पद्मश्री	वर्ष 2021, खेल के क्षेत्र में
जन्म	31 दिसम्बर, 1979
जन्म स्थान	बोमडिला, जिला पश्चिमी कामेंग, अरुणाचल प्रदेश
सम्पर्क	अरुणाचल माउंटेनियरिंग एंड एडवेंचर स्पोर्ट्स एसोसिएशन, हिमालयन हॉलीडेज बिल्डिंग, मेन मार्केट, बोमडिला, अरूणाचल प्रदेश-790001
दूरभाष	9436222905, 8638280052
Email	**anshujamsenpa@gmail.com**
वेबसाइट	http://anshujamsenpa.com
पति	टी शेरिंग वांगे
जीवन परिचय	वर्ष 2001 की जनगणना के अनुसार अरुणाचल प्रदेश की कुल जनसंख्या 1,383,727 थी, जिनमें से अनुसूचित जनजातियों की जनसंख्या 951,821 थी। इसी में एक जनजाति है- 'मोनपा', जिसकी जनसंख्या 60,545 थी, यानि कूल आबादी का मात्र 4.38%

इसी मोनपा जनजाति ने एक ऐसे पर्वतारोही को जन्म दिया, जिन्होंने कई विश्व कीर्तिमान रच दिए, वो हैं डॉ० अंशु जामसेनपा (Dr. Anshu Jamsenpa) उनके पति टी शेरिंग वांगे अरुणाचल माउंटेनियरिंग एंड एडवेंचर स्पोर्ट्स एसोसिएशन के अध्यक्ष हैं। अंशु दो बेटियों की माँ हैं- पासंग ड्रोमा 'आना' (20 वर्ष) एवं तेंजिंग निडोन 'एंजल' (16 वर्ष)।

डॉ० अंशु जामसेनपा ने अपने देश के लगभग हर राज्य के अलावा विदेशों में यू.के., फ्रांस, हॉलैंड, ऑस्ट्रिया,

हांगकांग, सिंगापुर, थाईलैंड, म्यांमार, नेपाल और भूटान की यात्राएँ की है। वे अंग्रेजी, हिंदी, असमिया, नेपाली और मोनपा भाषाएँ जानती हैं।

योगदान

माउंट एवरेस्ट दुनिया का सबसे ऊँचा पर्वत शिखर है, जिसकी ऊँचाई 8,848 मीटर (29029 फीट) है। कोई पर्वतारोही यदि अपने जीवन काल में एक बार माउंट एवरेस्ट की चोटी पर चढ़ जाए, तो यह उसकी सबसे बड़ी उपलब्धी मानी जाती है, यह उसका सबसे बड़ा स्वप्न होता हैं। फिर यदि कोई एक बार नहीं बल्कि 5 बार माउंट एवरेस्ट को फतह कर ले, तो उसके जज्बे का क्या कहना? 'उस पर भी यदि कोई मात्र 10 दिनों में 2 बार अथवा मात्र 5 दिनों में 2 बार माउंट एवरेस्ट को फतह कर ले!'-यह केवल कोरी कल्पना नहीं है, बल्कि इसे सच कर दिखाया है अरूणाचल प्रदेश की ट्राइबल महिला अंशु जामसेनपा ने।

10 दिनों में 2 बार- दिनांक 12 मई, 2011 में अंशु जामसेनपा ने पहली बार माउंट एवरेस्ट को फतह किया। उसके दसवें दिन 21 मई को पुनः एवरेस्ट की चोटी पर तिरंगा लहराकर उन्होंने एक नया कीर्तिमान रच दिया।

तीसरी बार- दिनांक 18 मई, 2013 को अंशु जामसेनपा ने तीसरी बार माउंट एवरेस्ट की चढ़ाई की और देश का मान बढ़ाया।

5 दिनों में 2 बार- उनकी विजय यात्रा यहीं नहीं रुकी, दिनांक 16 मई, 2017 को सुबह 9.15 पर वे फिर एक बार माउंट एवरेस्ट पर पहुँच गई। वे फिर नीचे बेस कैम्प में आई और बिना रुके बिना थके 19 मई की रात 10 बजे हिमालय की चोटियों को चूमने दुबारा चल पड़ी और पांचवे दिन पुनः 21 मई, 2017 को प्रातः 7.45 पर उन्होंने माउंट एवरेस्ट की चोटी पर पांचवी बार तिरंगा लहरा दिया। केवल 118 घंटे 30 मिनट के अन्तर पर हिमालय की सर्वोच्च माउंट एवरेस्ट चोटी पर दो बार तिरंगा लहराने वाली अंशु जामसेनपा भारतीय महिलाओं के लिए ही नहीं बल्कि विश्व के

हर युवा स्वप्नदृष्टा के लिए आदर्श बन चुकी है।

डॉ० अंशु जामसेनपा ने मात्र 6 दिनों में हिमालय की तीन चोटियों पर तिरंगा लहराया-

13 मई, 2014- लोबूचे पूर्वी, नेपाल (20,075 फीट)
16 मई, 2014- पोखल्डे पीक, नेपाल (19,049 फीट)
18 मई, 2014- आइसलैंड पीक, नेपाल (20,305 फीट)

माउंट एवरेस्ट के अलावा डॉ० अंशु जामसेनपा द्वारा किए गए मुख्य पर्वतारोहण-

27 सितम्बर, 2010- नेपाल पीक (23,517 फीट)
9 अक्टूबर, 2012-
गोरी चेन II पर्वत, अरूणाचल प्रदेश (21,287 फीट)
4 अगस्त, 2013-
शिगरी पर्वत, हिमाचल प्रदेश (21,490 फीट)
18 अक्टूबर, 2016-
गोरी चेन पूर्वी, अरूणाचल प्रदेश (20,413 फीट)
21 अक्टूबर, 2016- अनाम पर्वत (21,302 फीट)

डॉ० अंशु जामसेनपा कई संस्थानों से जुड़ी हैं एवं पर्वतारोहण के क्षेत्र में काफी सक्रिय हैं। वे ड़ीरंग, अरूणाचल प्रदेश के नेशनल इंस्टीट्यूट ऑफ माउंटेनियरिंग एंड एलाइड स्पोर्ट्स (NIMAS) के गवर्निंग काउंसिल की सदस्य हैं। वे अरुणाचल माउंटेनियरिंग एंड एडवेंचर स्पोर्ट्स एसोसिएशन एवं पश्चिमी कामेंग ईको टूरिज्म डेवलपमेंट सोसाइटी की सलाहकार हैं।

अभिनेत्री- निर्माता निर्देशक सांगे डोरजी थांगडोक द्वारा निर्देशित फिल्म क्रॉसिंग ब्रिज (Crossing Bridges) में अंशु जामसेनपा ने अभिनय किया। लगभग 103

मिनट की यह फिल्म वर्ष 2013 में रिलीज हुई, अरूणाचल प्रदेश की एक क्षेत्रीय भाषा- Shertukpen में बनने वाली यह पहली फिल्म थी। इस फिल्म को नेशनल फिल्म अवार्ड भी प्राप्त हुआ।

मनोज कुमार गोस्वामी एवं पार्थसारथी महंता के संयुक्त निर्देशन में अंशु की बायोग्राफी पर आधारित 39 मिनट की एक डाक्यूमेंट्री Anshu:Everest Calling बनी है, जो 25 जुलाई 2016 को रिलीज हुई। अंग्रेजी भाषा में बनी इस डाक्यूमेंट्री में अंशु जामसेनपा ने भी अभिनय किया है।

सम्मान एवं पुरस्कार खेल (पर्वतारोहण) के क्षेत्र में अतुलनीय उपलब्धियाँ अर्जित करने वाली अंशु जामसेनपा को वर्ष 2021 में देश के चौथे सर्वोच्च सम्मान पद्मश्री से अलंकृत किया गया। अरुणाचल प्रदेश के नमसाई जिले में अवस्थित अरुणाचल यूनिवर्सिटी ऑफ स्टडीज (AUS) द्वारा 31 जनवरी 2018 को द्वितीय दीक्षांत समारोह में अंशु जामसेनपा को डाक्टरेट की मानद उपाधि (Ph.D.) से सम्मानित किया गया। दिनांक 5 जून 2017 को माननीय प्रधानमंत्री श्री नरेंद्र मोदी ने उनको प्रधानमंत्री कार्यालय में आमंत्रित कर सम्मानित किया। एडवेंचर के लिए दिया जाने वाला प्रतिष्ठित 'तेनजिंग नोर्गे नेशनल एडवेंचर अवार्ड-2017' अंशु जामसेनपा को प्रदान किया। उसी वर्ष उन्हें अरूणाचल राज्य सरकार द्वारा टूरिज्म आइकॉन ऑफ द ईयर अवार्ड से पुरस्कृत किया गया। वर्ष 2013 में उनको आई.सी.सी. स्पोर्ट्स एक्सीलेंस अवार्ड प्रदान किया गया। वर्ष 2012 में उन्हें फेडरेशन इण्डियन चैंबर ऑफ कामर्स एंड इंडस्ट्रीज (FICCI) द्वारा वीमेन एचीवर अवार्ड प्रदान किया गया, उसी वर्ष अरूणाचल प्रदेश राज्य सरकार द्वारा उनको गोल्ड मैडल प्रदान किया गया। वर्ष 2011 में उनको सीएनएन-आईबीएन यंग इंडियन लीडर अवार्ड से सम्मानित किया गया। उसी वर्ष एडवेंचर टूर ऑपरेटर्स एसोसिएशन ऑफ इण्डिया ने उन्हें श्रीनगर में सम्मानित किया।

❖❖❖

पद्मश्री येशे दोरजी थोंगछी, अरुणाचल प्रदेश

आदिवासी मुद्दों पर लिखने वाले असमिया उपन्यासकार

पद्मश्री	वर्ष 2020, साहित्य एवं शिक्षा के क्षेत्र में
जन्म	13 जून,1952
जन्म स्थान	गाँव जिगांव, ब्लॉक शेरगांव, जिला पश्चिम कामेंग, अरुणाचल प्रदेश
सम्पर्क	सोनकुंज हिल टॉप, ई एस एस सेक्टर, ईटानगर-791111, अरुणाचल प्रदेश
मोबाइल	9485231967
ईमेल	yeshe52@gmail.com facebook.com@yeshedorjee.thongchi
माता	रिनचिन छोजोम थोंगछी
पिता	ताशी फुंत्सु थोंगछी
पत्नी	सोनामती थोंगछी
जीवन परिचय	'उगते सूर्य का पर्वत' अर्थात अरूणाचल, भारत का एक पूर्वोत्तर राज्य, जिसके पूर्व में म्यांमार देश अवस्थित हैघ। इस छोटे से राज्य अरूणाचल प्रदेश का गठन 20 फरवरी, 1987 को हुआ था। वर्ष 2011 की जनगणना के अनुसार यहाँ की जनसंख्या 13,83,727 थी, जिसमें अनुसूचित जनजाति की जनसंख्या 9,51,821 थी। अरूणाचल प्रदेश में कई जनजातीय समुदाय निवास करते हैं, जिनमें एक है। शेरदुकपेन, जिनकी जनसंख्या मात्र 3463' है, जो कुल आबादी का मात्र 0.25% है। इसी जनजातीय समुदाय शेरदुकपेन में जन्म हुआ येशे दोरजी थोंगछी का, जिनका नाम राष्ट्रपति भवन के

पद्म पुरस्कारों की प्रतिष्ठित पुस्तक में स्वर्ण अक्षरों से अंकित किया जा चुका है।

येशे दोरजी थोंगछी की प्राथमिक शिक्षा जिगांव के सरकारी विद्यालय से हुई, उसके बाद उन्होंने बोमडिला के गवर्नमेंट हायर सेकेंडरी स्कूल से मैट्रिकुलेशन की परीक्षा उत्तीर्ण की। उच्च शिक्षा के लिए वे गुवाहाटी आ गए, जहाँ कॉटन कॉलेज (वर्तमान में कॉटन यूनिवर्सिटी) से स्नातक एवं गुवाहाटी यूनिवर्सिटी से स्नातकोत्तर किया।

शिक्षा पूर्ण होने के बाद वर्ष 1977 में उनका चयन अरुणाचल प्रदेश राज्य प्रशासनिक सेवा के लिए हो गया।वर्ष 1992 में उनको आईएएस में पदोन्नत कर दिया गया।

येशे दोरजी थोंगछी पूर्वोत्तर के पहले प्रशासनिक पदाधिकारी हैं, जिन्होंने सबसे लंबे समय तक उपायुक्त पद का निर्वहन किया, वे बारह वर्ष चार महीने जिलाधिकारी रहे। संभवत: छत्तीसगढ़ के अजीत जोगी के बाद वे भारत के दूसरे ऐसे प्रशासनिक पदाधिकारी हैं, जो इस पद पर इतने लंबे समय तक बने रहे। उन्होंने तीन दशकों से ज्यादा अपनी सेवाएँ प्रदान की और आयुक्त सह सचिव पद पर रहते हुए सेवानिवृत्त हुए। उसके बाद वर्ष 2015 तक उन्होंने राज्य मुख्य सूचना आयुक्त जैसे महत्ती दायित्वों का निर्वहन किया।

योगदान

भारत के द्वितीय राष्ट्रपति डा. सर्वपल्ली राधाकृष्णन, जिनका जन्मदिवस 5 सितंबर को शिक्षक दिवस के रूप में मनाया जाता है, वे कहा करते थे- 'साहित्य का कर्तव्य' केवल ज्ञान देना नहीं है, परंतु एक नया वातावरण देना भी है।' इन शब्दों को चरितार्थ किया येशे दोरजी थोंगछी ने।

मेधावी छात्र येशे दोरजी थोंगछी ने अपनी साहित्यिक यात्रा की शुरुआत स्कूली दिनों में ही शुरु कर दी थी, उन्होंने असमिया भाषा में लिखना प्रारंभ किया। उनकी पहली कविता Jonbaai (चाँद) वर्ष 1967 में एक असमिया बाल पत्रिका में प्रकाशित हुई थी। तब से

आज तक उनकी लेखनी कभी नहीं रुकी, सरकारी सेवा में रहते हुए भी उन्होंने भरपूर साहित्य सेवा की। थोंगछी की रचनाओं में अरुणाचल प्रदेश की प्राकृतिक सौंदर्य, वहां की जनजातियों की संस्कृति, रीति-रिवाज, परंपराएं, आचार विचार और उनके आपसी संबंधों का सुंदर चित्रण देखने को मिलता है।

अरुणाचल प्रदेश में आदिवासी साहित्य आज भी अपने शैशवावस्था में है, ऐसे में साहित्य प्राज्ञ येशे दोरजी थोंगछी कविता, कहानी, लघु कथाओं, नाटक और उपन्यास लेखन के माध्यम से अरुणाचल के आदिवासी विमर्श को समृद्ध कर रहे हैं। उनका विषय ज्यादातर अरुणाचल प्रदेश के अल्पज्ञात समुदायों के बारे में है। वे पूर्वोत्तर के पहले लेखक हैं, जिन्होंने अपनी रचनाओं के माध्यम से जनजातीय समुदायों की आंतरिक कहानियों से बाहरी दुनिया को परिचित करवाया है। उनके उपन्यास- 'शव काटा मनुह' में कुछ ऐसा विचित्र वर्णन है कि 'मानव शरीर को नदी में फेंकने से पहले 100 से अधिक टुकड़ों में काट दिया जाता है।'

साहित्य सुधी येशे दोरजी थोंगछी ने कई नाटकों का लेखन किया, सरल भाषा व हृदय को छूती संवाद शैली में लिखे गए उनके नाटक- 'Himantar Dabanal Fire' का मंचन राष्ट्रीय नाट्य महोत्सव में हुआ, किंतु नाटक का शीर्षक बदल चुका था- 'दीया और तूफान' और साथ ही बदल दिया गया लेखक का नाम भी। किंतु येशे दोरजी थोंगछी ना विचलित हुए, ना दुःखी, बल्कि उनका आक्रोश स्याही बन कर पन्नों पर उतरने लगा। आज उनकी कई रचनाओं का अनुवाद हिंदी, अंग्रेजी, बांग्ला, बोड़ो, ओड़िया, मैथिली, मराठी, नेपाली और अन्य भाषाओं में किया जा चुका है एवं कई पुस्तकें प्रकाशित हो चुकी हैं।

मुख्य कृतियाँ

उपन्यास

(असमिया भाषा)

Sonam (सोनम), 1982

Maun Outh Mukhar Hriday Lingjhik (मौन होंठ मुखर हृदय), 2005

	Bish Kanyar deshat (विष कन्या के देश में)
	Saw kata Manuh (शव काटने वाला आदमी), 2015
	Mishing (प्रेतात्मा), 2014
	Moi Akou janam lom (मैं दुबारा जन्म लूँगा)
लघुकथा संकलन	Papor pukhuri (पाप का पोखर)
	Bah Fular Gundh (बांस फूल की गंध)
	Anya Ekhan pratiyugita (अन्य अखन प्रतियोगिता)
लोक कथाएँ	Kameng Simantar Sadhu
	अपने समुदाय का इतिहास :
	Sherdukpen Janajatir Itibritya
यात्रा	Dhunia Manuhar Dhuniaya Deshat (खूबसूरत लोगों का खूबसूरत देश- साउथ कोरिया का यात्रा वृतांत)
आत्मकथा	Hanhi Aru Sakulor Haihob
	अंग्रेजी-असमिया अनुवाद :
	Hainikar Senapoti (रिटायर्ड जनरल जे.जे. सिंह की आत्मकथा- 'A Soldier's General : An Autobiography' का असमिया में अनुवाद)
	Prabahat Muko Jiban (परम पावन 14वें दलाई लामा द्वारा लिखित आत्मकथा 'निर्वासन में स्वतंत्रता' का असमिया में अनुवाद)
	Bodhichayabatra (सातवीं सदी के बौद्धाचार्य आचार्य शान्तिदेव की रचनाओं का असमिया में काव्यानुवाद)

असमिया-अंग्रेजी अनुवाद :
Heart to Heart
(पूर्वोत्तर के पहले आदिवासी उपन्यासकार लूमर दई के असमिया उपन्यास- 'Mon Aru Mon' का अंग्रेजी में अनुवाद)
उनकी पुस्तकों का हिंदी में अनुवाद :
शव काटने वाला आदमी (अनुवादक : दीनकर कुमार, वाणी प्रकाशन)
सोनम, 2008 (अनुवादक : डॉ. महेंद्रनाथ दूबे, वाणी प्रकाशन)
उनकी पुस्तकों का अंग्रेजी में अनुवाद :
Silent Lips Murmuring Hearts, 2010
(अनुवादक : डॉ. देवर्षि प्रसाद नाथ, प्रकाशक : साहित्य आकदमी)
Sonam, 2001
(अनुवादक : मृदुला बरुआ, प्रकाशक : गुवाहाटी स्पेक्ट्रम)
उनकी पुस्तकों का बोडो में अनुवाद :
Mauth Outh Mukhar Hriday
Saw Katne manuh.
जनलेखक येशे दोरजी थोंगछी के उपन्यास Lingjhik, Maun Outh Mukhor Hriday, Mishing एवं लघु कथाएँ kono khed Nai, Darpan इत्यादि पर कई टीवी धारावाहिक बन चुके हैं। उनके उपन्यास Saw Kata Manuh पर आधारित नाटक का प्रदर्शन देश के कई शहरों में किया जा चुका है। उनके विख्यात उपन्यास सोनम को नेशनल स्कूल ऑफ ड्रामा द्वारा नेपाली भाषा में सुनहरी अक्षर के नाम से तैयार किया गया है एवं गैंगटॉक इत्यादि कई शहरों में इसका प्रदर्शन किया जा चुका है।
विद्वान लेखक येशे दोरजी थोंगछी की लघुकथा आंध्र प्रदेश एवं तेलंगाना राज्य की बारहवीं कक्षा के पाठ्यक्रम का हिस्सा है। उनका उपन्यास शव काटने वाला आदमी का हिंदी संस्करण ईटानगर, अरुणाचल प्रदेश के राजीव

गांधी विश्वविद्यालय एवं सिक्किम यूनिवर्सिटी के एम. ए. हिंदी के सिलेबस में शामिल है। गुवाहाटी युनिवर्सिटी एवं लखीमपुर कॉलेज के एम.ए. सिलेबस में भी उनके कई उपन्यास शामिल हैं। देश की सीमा पर अवस्थित छोटे से राज्य अरुणाचल प्रदेश की अल्पज्ञात कहानियों से देश दुनिया को अवगत कराने हेतू सक्रिय बहुभाषाविद येशे दोरजी थोंगछी अपने प्रदेश के साहित्यिक आंदोलन के नेतृत्वकर्ता होने के साथ साथ नवोदित युवा लेखकों के लिए प्रेरणास्रोत हैं। वे अरुणाचल प्रदेश लिटरेरी सोसाइटी के संस्थापक अध्यक्ष हैं। डॉ. येशे दोरजी थोंगछी साहित्य अकादमी द्वारा असमिया भाषा में दिए जाने वाले पुरस्कारों हेतू गठित सलाहकार बोर्ड में सदस्य हैं।

फिल्में

कलमकार येशे दोरजी थोंगछी अपने उपन्यास सोनम के माध्यम से 'ब्रोक्पा जनजातीय समुदाय' के खोरदेपका परंपरा के अन्तर्गत बहु पति (एक से अधिक पति), पुनर्विवाह, विधवा विवाह, पुर्नजन्म, आंचलिक संस्कृति इत्यादि कई अनछुए पहलूओं से हमें परिचित कराते हैं। इस विख्यात उपन्यास सोनम, जिसकी नायिका के दो पति हैं, उनके मध्य प्रेम, वासना व ईर्ष्या के इर्दगिर्द घूमती हुई कहानी पर वर्ष 2006 में मोनपा में 120 मिनट की फिल्म भी रिलीज हो चुकी है- 'The Fortunate One (Sonam)' जिसके निर्देशक थे अहसान मुजीद। इस फिल्म को वर्ष 2007 में भारत सरकार द्वारा 53 वें राष्ट्रीय फिल्म पुरस्कारों के तहत प्रतिष्ठित

'रजत कमल पुरस्कार' प्राप्त हुआ था। मोनपा फिल्म सोनम का प्रदर्शन अरुणाचल प्रदेश की राजधानी ईटानगर से लेकर देश की राजधानी दिल्ली, फिल्मी राजधानी मुंबई, कनाडा, जर्मनी, यूएसए जैसे कई देशों में आयोजित अंतरराष्ट्रीय फिल्म महोत्सवों में हो चुका है। एक अनछुए विषय व सशक्त कहानी के कारण फिल्म ने काफी तारीफें व पुरस्कार बटोरे हैं।

असमिया फिल्म निर्माता बॉबी शर्मा बरुआ ने उपन्यास मिशिंग पर शेरदुकपेन भाषा में 75 मिनट की फिल्म 'Mishing (The Apparition)' का निर्माण किया है। उपन्यासकार येशे दोरजी थोंगछी ने शेरदुकपेन लोककथाओं में प्रचलित मिथक व किंवदंतियों के आधार पर यह उपन्यास लिखा है, जिसमें मरने के बाद भी पुरखों की आत्मा अपने परिजनों व प्रियजनों से मिलने आती है। वर्ष 2018 में आयोजित कोलकत्ता इंटरनेशनल फिल्म फेस्टिवल में इस फिल्म का वर्ल्ड प्रीमियर हुआ था। वर्ष 2019 में इस फिल्म को भारत सरकार द्वारा 66 वें राष्ट्रीय फिल्म पुरस्कारों के तहत प्रतिष्ठित 'रजत कमल पुरस्कार' प्राप्त हुआ।

फिल्म निर्देशक सुश्री मंजू बोरा द्वारा वर्ष 2019 में येशे दोरजी के उपन्यास Bish Konyar Deshat पर 104 मिनट की फिल्म 'In the Land of Poison Women' बनाई है। यह फिल्म मोनपा जनजाति द्वारा बोली जाने वाली भाषा पंगछेनपा (Pangchenpa), अंग्रेजी एवं हिंदी में रिलीज हुई, जिसका प्रदर्शन कई राष्ट्रीय अंतरराष्ट्रीय फिल्म महोत्सवों में हुआ। वर्ष 2019 में इस फिल्म को भारत सरकार द्वारा 66 वें राष्ट्रीय फिल्म पुरस्कारों के तहत प्रतिष्ठित 'रजत कमल पुरस्कार प्राप्त हुआ।

विख्यात फिल्म निर्माता शांतनु सेन ने वर्ष 2019 में उपन्यास शव काटा मानुह पर मोनपा भाषा में फिल्म 'Water Burial' का निर्माण किया है। आदिवासी परंपराओं एवं पर्यावरण संरक्षण को चित्रित करती इस फिल्म को वर्ष 2021 में भारत सरकार द्वारा 67 वें राष्ट्रीय फिल्म पुरस्कारों के तहत प्रतिष्ठित 'स्वर्ण कमल पुरस्कार'

प्राप्त हुआ है।

डाक्टरेट

डिब्रूगढ़ यूनिवर्सिटी के 19वें दीक्षांत समारोह में दिनांक 25 अप्रैल 2021 को साहित्य मनीषी येशे दोरजी थोंगछी को डाक्टरेट की मानद उपाधि (Honoris Causa D.Litt.) से विभूषित किया गया।

सम्मान-पुरस्कार

डॉ. येशे दोरजी थोंगछी को उनके अविस्मरणीय साहित्यिक अवदान के लिए वर्ष 2020 में साहित्य एवं शिक्षा के क्षेत्र में देश के चौथे सर्वोच्च सम्मान पद्मश्री से अलंकृत किया गया। वर्ष 2005 में असमिया भाषा में लिखे गए उनके उपन्यास 'मौन ओंठ मुखौर हृदोय' के लिए उन्हें साहित्य अकादमी पुरस्कार प्रदान किया गया।

वर्ष 2021 में उन्हें असम राज्य सरकार द्वारा सुकफा अवार Maun द्वारा सम्मानित किया गया। वर्ष 2019 में उनको प्रयागराज हिंदी परिषद द्वारा आचार्य हजारी प्रसाद द्विवेदी सम्मान एवं असम के ऑल मोरन स्टूडेंट्स यूनियन द्वारा बोड़ोसा सम्मान से सम्मानित किया गया। वर्ष 2018 में उनको असम के सिंथर प्रकाशन द्वारा रोंगबोंग तेरांग सम्मान एवं असम साहित्य अकादमी

द्वारा लक्ष्मीनाथ बेजबरुवा साहित्य सम्मान से पुरस्कृत किया गया। पुणे की संस्था शरद द्वारा प्रतिवर्ष दिया जाने वाला प्रतिष्ठित भूपेन हजारिका राष्ट्रीय सम्मान वर्ष 2017 में येशे दोरजी थोंगछी को प्रदान किया गया। डॉ. येशे दोरजी को उनकी साहित्य सेवा के लिए समय समय पर विभिन्न मंचों पर अन्य कई सम्मान व पुरस्कार प्राप्त हुए, यथा; कोलकत्ता के विलियमसन मेगोर एजुकेशनल ट्रस्ट द्वारा असम घाटी साहित्य पुरस्कार, असम के सदिन-प्रतिदिन न्यूज ग्रुप द्वारा एचीवमेंट अवार्ड, असम साहित्य सभा द्वारा हरिहर चौधरी पुरस्कार, वासुदेव जालान पुरस्कार, फूलचंद खण्डेलवाल पुरस्कार एवं कलागुरु विष्णु राभा साहित्य पुरस्कार, शिवसागर असम के डॉ. एम.आई. बोरा ट्रस्ट द्वारा डॉ. मैदूल इस्लाम बोरा साहित्य पुरस्कार, बोमडिला के बौद्ध सांस्कृतिक संरक्षण सोसायटी द्वारा साहित्य सम्मान, मैसूर में अवस्थित केंद्रीय भारतीय भाषा संस्थान (CIIL) द्वारा भाषा भारती पुरस्कार इत्यादि।

*https://www.populationu.com/in/arunachal-pradesh-population

❖❖❖

पद्मश्री सत्यराम रेयांग, त्रिपुरा

रेयांग जनजाति के विख्यात लोकनृत्य गुरू

पद्मश्री	वर्ष 2021, कला के क्षेत्र में
जन्म	1943
जन्म स्थान	गाँव-दशमी रेयांग पारा, शांतिरबाजार, जिला-दक्षिण त्रिपुरा, त्रिपुरा
जीवन परिचय	वर्ष 2001 की जनगणना के अनुसार त्रिपुरा की जनसंख्या 31,99,203 थी, जिसमें अनुसूचित जनजातियों की जनसंख्या 9,93,426 थी। इसमें रेयांग (Reang) जनजाति की आबादी थी 1,65,103 यानि कूल आबादी का मात्र 5.16 प्रतिशत। त्रिपुरा की इस रेयांग जनजाति को ब्रू (Bru) के नाम से भी जाना जाता है और ये लोग कोकबोरोक (Kokborok) भाषा बोलते हैं। इसी रेयांग जनजातीय समुदाय में सत्यराम रेयांग का जन्म हुआ।
योगदान	रेयांग जनजाति का प्रसिद्ध लोकनृत्य है होजागीरी (Hojagiri)! यह लोकनृत्य 4-6 महिलाओं या युवतियों द्वारा समूह में किया जाने वाला नृत्य होता है, जिसमें सिर पर एक पारंपरिक बोतल (Bodo) और हाथ में मिट्टी के पारंपरिक दीपक (Chati/Kupi) लेकर नृत्य किया जाता है। इनके अलावा नृत्यांगनायें चावल साफ करने वाला बेंत का बना गोलाकार सूप, मट्टी का घड़ा, मयरंग नामक डिश (थाली), रूमाल इत्यादि का भी प्रयोग करती हैं। साथ ही पुरुष सदस्य पारंपरिक पवन वाद्ययंत्र Kham and Sumui/Kshumu बजाते हुए गायन करते हैं।

यह नृत्यकला समय के साथ धीरे-धीरे विलुप्त हो रही थी,

जिसे पुनर्जीवित करने का श्रेय लोक कलाकार सत्यराम रेयांग को जाता है। सत्यराम रेयांग न केवल होजागीरी नर्तक हैं, बल्कि 'नृत्य गुरु' हैं। उन्होंने अपने गाँव में होजागीरी अकादमी की स्थापना की है, जहाँ युवा पीढ़ी व बच्चों को होजागीरी नृत्य का प्रशिक्षण देकर वे एक नई पौध तैयार कर रहे हैं। अकादमी के सहयोग से त्रिपुरा राज्य सरकार एवं ब्रू सोशियो कल्चरल ऑर्गेनाइजेशन द्वारा प्रत्येक वर्ष होजागीरी उत्सव का भी आयोजन किया जाता है।

रेयांग जैसे लोगों के लिए ही अमेरिकन लेखक टीम फर्गो (Tim Fargo) लिखते हैं- Don't be so quick to label something as 'bad'- It may be the thing that takes you to success.- Tim Fargo यानि किसी चीज को बहुत जल्दी से बुरा करार मत कर दीजिये। यह वो हो सकता है जो आपको सफलता दिला देगी।

सम्मान एवं पुरस्कार

कला (लोकनृत्य) के क्षेत्र में अविस्मरणीय योगदान के लिए वर्ष 2021 में त्रिपुरा के लोक कलाकार सत्यराम रेयांग को देश के चौथे सर्वोच्च सम्मान पद्मश्री से विभूषित किया गया। वर्ष 2004 में उन्हें तत्कालीन राष्ट्रपति ए.पी.जे. कलाम साहब द्वारा संगीत नाटक अकादमी अवार्ड से सम्मानित किया गया था।

❖❖❖

पद्मश्री 'गुरु माँ' कमली सोरेन, पश्चिम बंगाल

वनवासियों की सेवा में समर्पित स्वयंसेवक

पद्मश्री	2021, सामाजिक कार्यों के क्षेत्र में
जन्म	1943
सम्पर्क	गाँव कोटालहाती, पोस्ट पंचपारा, प्रखंड गाजोल, जिला मालदा, पश्चिम बंगाल-732124
जीवन परिचय	झारखंड और पश्चिम बंगाल की सबसे बड़ी जनजाति है- संताल। वर्ष 2017 की जनगणना के अनुसार झारखंड में संताल जनजाति की जनसंख्या 27,52,723 एवं पश्चिम बंगाल में 25,12,331 है। वर्ष 2001 के सेंसेक्स के अनुसार पश्चिम बंगाल की जनजातियों में संताल की आबादी 51.8 प्रतिशत थी, जो कूल आबादी का 2.84 प्रतिशत थी। इसी संताल जनजाति की कमली सोरेन पश्चिम बंगाल के मालदा जिला के गाजोल में वनवासी कल्याण आश्रम का संचालन कर रही हैं।
योगदान	'गुरु माँ' के नाम से विख्यात कमली सोरेन सुदूर ग्रामीण क्षेत्रों में रहने वाले वनवासियों के विकास और उनकी संस्कृति को सहेजकर रखने में अहम भूमिका निभाती आ रही है। ये उनका जज्बा ही है कि अनपढ़ होने के बावजूद भी वे दूसरों की शिक्षा के लिए तत्पर रहती हैं। उन्होंने कई जनजातीय बच्चों को विद्यालय में दाखिला दिलाया और उनके भविष्य को उज्ज्वल करने का हर संभव प्रयास किया है। 'गुरु माँ' पिछले कई वर्षों से वनवासी कल्याण आश्रम का संचालन करती आ रही हैं। जहाँ उन्होंने कई प्रकार की जड़ी-बूटियों का संग्रह भी कर रखा है, उन्हें जड़ी

बूटी से बनने वाली दवाईयों की काफी जानकारी हैं, जिसके माध्यम से वे आयुर्वेदिक इलाज करती है। 'गुरु माँ' कमली सोरेन धर्मान्तरण की सख्त विरोधी हैं। उनका मानना है कि ईश्वर ने जिसको जिस धर्म के अनुयायी परिवार में जन्म प्रदान किया है, उसे आजीवन उसी धर्म का सम्मान करना चाहिए। सनातन परंपरा को मानने वाली कमली सोरेन कहती हैं कि हर घर में तुलसी पौधे को अवश्य रखना चाहिए एवं पूजा करनी चाहिए। दरअसल 'गुरु माँ' तुलसी पूजा के पीछे प्रकृति पूजा के मकसद को समझाते हुए प्रकृति सरंक्षण का संदेश देती हैं।

'गुरु माँ' कमली सोरेन वनवासियों के मध्य हिंदू धर्म और संस्कृति के महत्व का प्रचार करती हैं और धर्म से संबंधित उपदेश देती हैं। उनका मुख्य कार्य है लोगों की घर वापसी कराना। कमली सोरेन का कहना है कि 'वैसे आदिवासियों को हिंदू धर्म में वापस लाती हूँ जो ईसाई अथवा मुसलमान बन जाते हैं। यह धर्म परिवर्तन नहीं बल्कि घर वापसी है। जो काम वनवासी अज्ञानता में कर बैठे होते हैं, उन्हें मैं पुनः ठीक करने के काम में जुटी हुई हूँ।'

'गुरु माँ' की संस्था के द्वारा कई बार आडंबर रहित सामूहिक विवाह का आयोजन भी करवाया गया है। 'गुरु माँ' ने अपना सर्वस्व जनजातीय लोगों के सर्वांगीण विकास के लिए समर्पित कर रखा है। वे राष्ट्रीय स्वयंसेवक संघ (आरएसएस) की सक्रिय कार्यकर्ता हैं।

सम्मान एवं पुरस्कार

सामाजिक कार्यों के क्षेत्र में उल्लेखनीय योगदान के लिए वर्ष 2021 में 'गुरु माँ' कमली सोरेन को देश के चौथे सर्वोच्च सम्मान पद्मश्री से विभूषित किया गया। फरवरी, 2021 में वनवासी कल्याण आश्रम, उत्तरबंग द्वारा बिरसा शिशु शिक्षा केंद्र, सालबाड़ी, सिलीगुड़ी में भी उन्हें सम्मानित किया गया। इस वर्ष कमली सोरेन को भारतीय मजदूर संघ के अलावा संघ से जुड़े कई संगठनों की ओर से सम्मानित किया गया।

❖❖❖

पद्मश्री शान्ति टेरेसा लकड़ा, अण्डमान निकोबार

विलुप्तप्राय: जनजातियों की स्वास्थ्य सेवा में जुटी नर्स

पद्मश्री	वर्ष 2011, सेवा के क्षेत्र में
जन्म	1 मई, 1972
जन्म स्थान	रंगत, अण्डमान मिडिल, अण्डमान एंड निकोबार
पति	शाजी वर्गीस
जीवन परिचय	अण्डमान निकोबार द्वीप में जन्मीं शान्ति टेरेसा लकड़ा ने सेवा के क्षेत्र को ही अपना करियर चुना और नर्सिंग की पढ़ाई की। वर्ष 2001 में बतौर सहायक नर्स और मिडवाइफ उनकी नियुक्ति अण्डमान निकोबार के स्वास्थ्य सेवा निदेशालय में हो गई। उनकी पहली पोस्टिंग डुगोंग क्रीक (Dugong Creek) के पब्लिक हेल्थ सेंटर में हुई। जहाँ अण्डमान निकोबार द्वीप की लुप्तप्राय अनुसूचित जनजाति ओंग (Onge) लोग निवास करते हैं। वर्ष 2011 की जनगणना के अनुसार ओंग (Onge) जनजाति की जनसंख्या मात्र 101 थी।
योगदान	**26 दिसंबर 2004** को हिंद महासागर में आई सुनामी (Tsunami) लहर ने भारत सहित दुनिया के कई देशों में भारी तबाही मचाई। इस प्राकृतिक आपदा से दुनियाभर में ढाई लाख से भी ज्यादा लोगों की जान गई थी, भारत में कुल 16,279 लोगों की मौत हुई थी। **25 दिसंबर 2004**, दिन शनिवार, लोग देर रात तक क्रिसमस का जश्न मना चौन की नींद सो रहे थे। अगले दिन रविवार का अवकाश होने के कारण क्रिसमस का जश्न काफी धूमधाम से देर रात तक चला था। वीकेंड पर क्रिसमस और फिर नए साल का जश्न मनाने के

लिए काफी संख्या में टूरिस्ट समुद्री किनारों पर जुटे हुए थे। रविवार 26 दिसंबर भारतीय समयानुसार सुबह 6:28 बजे खूबसूरत समुद्री किनारों ने विकराल रूप धारण कर लिया।

उस वक्त ज्यादातर लोग अपने होटलों व घरों में सो रहे थे। जो लोग जगे थे, वो भी समुद्र में उठ रही 30 मीटर (100 फीट) ऊंची लहरों को देखकर ठिठक गए। इससे पहले की लोग कुछ समझ पाते सुनामी की विशाल लहरों ने भारत समेत हिंद महासागर के किनारे के 14 देशों में कई किलोमीटर दूर तक तबाही फैला दी थी। सीधे शब्दों में समझा जाए तो तटीय इलाकों में समुद्र कई किलोमीटर अंदर तक पांव पसार चुका था। कुछ पल में ही बड़े-बड़े पुल, घर, इमारतें, गाड़ियां, लोग, जानवर और पेड़ सब समुंद्र की इन लहरों में तिनकों की तरह तैरने लगे थे।

भारत में सुनामी का सबसे ज्यादा खामियाजा तमिलनाडु को भुगतना पड़ा था, ज्यादातर मरने वाले लोग इसी राज्य के थे। तमिलनाडु के बाद अंडमान निकोबार द्वीप समूह पर इस प्राकृतिक आपदा ने सबसे ज्यादा तबाही मचाई, जहाँ 1 हजार से ज्यादा लोगों की मौत रजिस्टर में दर्ज हुई और 5 हजार से ज्यादा लोग लापता बताए गए।

क्या है सुनामी- समुद्र के भीतर अचानक जब बड़ी तेज हलचल (भूकंप या ज्वालामुखीय गतिविधि) होने लगती है तो उसमें उफान उठता है। इससे ऐसी लंबी और बहुत ऊंची लहरें उठना शुरू होती हैं, जो जबरदस्त आवेग के साथ आगे बढ़ती हैं। इन्हीं लहरों को सुनामी कहते हैं। दरअसल सुनामी जापानी शब्द है जो सु और नामी से मिल कर बना है। सु का अर्थ है समुद्र तट (बंदरगाह) और नामी का अर्थ है लहरें। पहले सुनामी को समुद्र में उठने वाले ज्वार के रूप में लिया जाता रहा है, लेकिन ऐसा नहीं है। दरअसल समुद्र में लहरें चाँद सूरज और ग्रहों के गुरुत्वाकर्षण के प्रभाव से उठती हैं, लेकिन सुनामी लहरें इन आम लहरों से अलग होती हैं।

वर्ष 2004 में जब सुनामी आई, तब अण्डमान निकोबार के डुगोंग क्रीक में ओंग जनजातियों की बस्तियाँ भी तबाह हो गई। सरकार ने राहत का कार्य प्रारम्भ किया, खुले मैदान में तम्बू बना दिए गए। उन दिनों नर्स शान्ति टेरेसा लकड़ा वहीं नियुक्त थी, दो वर्षों तक वे भी खुले टेंट में उन्हीं ओंग लोगों के बीच में रहकर स्वास्थ्य सेवा कार्यों में जुटी रहीं। नर्स शान्ति का बेटा काफी छोटा था, उनदिनों वो अपनी दादी के पास रहा और शान्ति अपने पुत्र, पति और परिवार से दूर अकेले तंबू में रहकर ओंग जनजाति की सेवा करती रही।

मानवीय संवेदनाओं से ओत प्रोत शान्ति टेरेसा लकड़ा नर्स से भी बढ़कर एक ऐसी समाजसेविका है, जो तेजी से घट रही जनजातियों की संख्या को लेकर चिन्तित रहती हैं। ज्ञात हो कि अण्डमान निकोबार द्वीप पर कई ऐसी अनुसूचित जनजातियाँ रहती हैं, जिनकी आबादी अब केवल दहाई या सैकड़े के आंकड़ो में सिमट कर रह गई है। वर्ष 2011 की जनगणना के अनुसार ऐसी जनजातियों की जनसंख्या-

ओंग (Onge)-101

जारवास (Jarawas)-380

सेंटीनेलेस (Sentinelese)-15

शोम पेंस (Shom Pens)-229

अण्डमानीस (Andamanese, Chariar, Chari, Kora, Tabo, Bo, Yere, Kede, Bea, Balawa, Bojigiyab, Juwai, Kol)-44

सम्मान एवं पुरस्कार सामाजिक कार्यों (स्वास्थ्य सेवा) के क्षेत्र में उल्लेखनीय योगदान के लिए वर्ष 2011 में शान्ति टेरेसा लकड़ा को देश के चौथे सर्वोच्च सम्मान पद्मश्री से विभूषित किया गया। वर्ष 2010 में उनको कैथोलिक हेल्थ एसोसिएशन ऑफ अण्डमान निकोबार द्वीप (CHAANI) द्वारा सम्मानित किया गया। उसी वर्ष भारत के उपराष्ट्रपति ने उन्हें फ्लोरेंस नाइटिंगेल मैडल प्रदान किया, जो नर्सिंग के क्षेत्र में दिए जाने वाला सर्वोच्च पुरस्कार है।

❖❖❖

पद्मश्री नीदोनुओ अंगामी, नागालैंड

नागा मदर एसोसिएशन की संस्थापक

पद्मश्री	वर्ष 2000, सामाजिक कार्यों के क्षेत्र में
जन्म	1 अक्टूबर, 1950
जन्म स्थान	कोहिमा, नागालैंड
जीवन परिचय	देश की आजादी के बाद जब नागालैंड में भारतीय सुरक्षा बलों एवं नागाओं की भूमिगत सेना के मध्य अविश्वास और कटुता का माहौल था, नागालैंड तबाह हो रहा था। वैसे अंधकारमय समय में नागा समुदाय में उम्मीद की एक किरण बन कर जन्मीं नीदोनुओ अंगामी (Neidonuo Angami) वर्ष 2001 की जनगणना के अनुसार नागालैंड की जनसंख्या 19,90,036 थी, जिसमें अनुसूचित जनजातीय लोगों की जनसंख्या थी- 17,74,026. उसमें भी नागाओं की जनसंख्या 98.2 प्रतिशत यानि 17,41,692 थी। नागा जनजाति भी कई उप जनजातियों में विभाजित है, इसमें एक है अंगामी, जिनकी आबादी थी 1,24,696 जो कूल आबादी का मात्र 7.03 प्रतिशत है।

नीदोनुओ अंगामी का बचपन घने जंगलों में बिता, जब वे छह साल की थी, तब उनके पिता की हत्या हो गई। उनकी माँ ने कठिन आर्थिक परिस्थितियों में नीदोनुओ और उनके चार भाई-बहनों को पाला। नीदोनुओ ने आठ साल की उम्र में कोहिमा के कैम्ब्रिज स्कूल (वर्तमान मेझुर हायर सेकेंडरी स्कूल) में दाखिला लिया। उनकी आगे की शिक्षा कोहिमा के बैपटिस्ट इंग्लिश स्कूल और गवर्नमेंट हाई स्कूल में हुई, जहाँ से उन्होंने 1968 में

मैट्रिक किया। अपने स्कूली जीवन से ही नीदोनुओ अंगामी एक्स्ट्रा करिकुलर एक्टिविटीज में काफी सक्रिय थी। उनकी कॉलेज की शिक्षा कोहिमा कॉलेज में हुई, जहाँ से उन्होंने प्री यूनिवर्सिटी कोर्स पास किया और कोहिमा पुलिस बल में सब इंस्पेक्टर के रूप में अपना करियर शुरु किया। हालांकि पुलिस की नौकरी उनको रास नहीं आई, वर्ष 1972 में उन्होंने एक शिक्षिका के रूप में काम करना शुरु किया और नागालैंड वीवर्स एसोसिएशन की स्थापना करके सामाजिक कार्यों में सक्रिय हो गई।

योगदान

नागा जनजाति में शराब और ड्रग्स की लत अपनी गहरी जड़ें जमा चुकी थी, जिसे लेकर नीदोनुओ अंगामी जैसी सजग नागा महिलाएँ काफी चितिंत रहा करती। वर्ष 1984 में अंगामी ने कुछ अन्य नागा महिलाओं के साथ, मादक पदार्थों जैसी सामाजिक समस्याओं के खिलाफ काम करने के लिए नागा मदर्स एसोसिएशन (NMA) का गठन किया। अंगामी को एन.एम.ए. के पहले महासचिव के रूप में चुना गया, जिस दायित्व का निर्वहन उन्होंने अगले दस वर्षों तक किया। उसके बाद दो कार्यकालों तक उन्होंने अध्यक्ष दायित्व को संभाला। वर्ष 2013 में एनएमए को टाइम्स ऑफ इण्डिया द्वारा सोशल इम्पेक्ट अवार्ड प्रदान किया गया।

नीदोनुओ अंगामी ने नागा मदर्स एसोसिएशन (NMA) की कई सहयोगी संस्थाओं का गठन किया, यथा; वर्ष 1986 में एनएमए युवा और महिला कल्याण संगठन, वर्ष 1989 में नशीली दवाओं और शराबियों के लिए आश्रय गृह और पुनर्वास केंद्र माउंट गिलियड होम, वर्ष 2001 में एनएमए एचआईवी एड्स केयर हॉस्पिस इत्यादि।

नीदोनुओ अंगामी ने नागा विद्रोहियों को मुख्यधारा में लाने के लिए एक अभियान प्रारम्भ किया- "Shed No More Blood" (अब और खून मत बहाओ), जिसके काफी अच्छे व दूरगामी परिणाम प्राप्त हुए। अंगामी ने नागा होहो, नागा स्टूडेंट्स फेडरेशन और नागा पीपुल्स

मूवमेंट फॉर ह्यूमन राइट्स जैसे अन्य सामाजिक एवं आदिवासी संगठनों के सहयोग से नागा विद्रोहियों और सरकार के बीच युद्धविराम की मध्यस्थता करने में सफलता प्राप्त की। अंगामी ने थाईलैंड, नई दिल्ली और नागालैंड में आयोजित कई शांति वार्ताओं में एनएमए का कुशल प्रतिनिधित्व किया।

वर्ष 2000 में नीदोनुओ अंगामी ने एनएमए के तत्वावधान में "Journey of Conscience" (अंतरात्मा की यात्रा) नामक एक बौद्धिक पहल शुरू की। जिसके अन्तर्गत आदिवासी संगठन के नेताओं ने विचारों का आदान-प्रदान करने के लिए अन्य नागरिक और सामाजिक समूहों, मीडिया, छात्र संगठनों, शिक्षाविदों और राजनेताओं के साथ मुलाकात आरम्भ की। अंगामी ने अपने संगठन एनएमए के सदस्यों के लिए कई प्रशिक्षण सत्र, कार्यशालाओं और संगोष्ठियों का आयोजन किया। इन्हीं विशिष्टताओं की वजह से उन्हें "Mother of Peace" कहा जाता है।

नीदोनुओ अंगामी समय समय पर भारत सरकार की विभिन्न समितियों की सदस्य रहीं-

1988-89 पर्यावरण और वन मंत्रालय, भारत सरकार में सलाहकार समिति की सदस्य

1998-99 स्वास्थ्य और परिवार कल्याण मंत्रालय, भारत सरकार में तकनीकी संसाधन समूह (महिलाओं, बच्चों और एड्स) की सदस्य

2000-04 राष्ट्रीय जनसंख्या आयोग, भारत सरकार में सदस्य

2005–14	स्वास्थ्य और परिवार कल्याण मंत्रालय, भारत सरकार (राष्ट्रीय ग्रामीण स्वास्थ्य मिशन) में सदस्य
2012–15	स्वास्थ्य और परिवार कल्याण मंत्रालय, भारत सरकार (जनजातीय स्वास्थ्य पर विशेषज्ञ समिति) में सदस्य
सम्मान एवं पुरस्कार	नागालैंड में किए गए शान्ति प्रयासों एवं अतुलनीय योगदान के लिए श्रीमती नीदोनुओ अंगामी को वर्ष 2000 में सामाजिक कार्यों के क्षेत्र में देश के चौथे सर्वोच्च पुरस्कार पद्मश्री से अलंकृत किया गया। वर्ष 2005 में विश्व प्रतिष्ठित नोबेल पुरस्कार के लिए नामित 1000 महिलाओं में उनका नाम भी शुमार था। उसी वर्ष उन्हें रोटरी इंटरनेशनल डिस्ट्रिक्ट नॉर्थ ईस्ट द्वारा सम्मानित किया गया था। वर्ष 2007 में अंतर्राष्ट्रीय महिला दिवस के अवसर पर नागालैंड के मुख्यमंत्री ने उनको लाइफटाइम अचीवमेंट अवार्ड प्रदान किया। वर्ष 2009 में गांधी योग द्वारा भी उनको लाइफटाइम अचीवमेंट अवार्ड से सम्मानित किया गया। वर्ष 2019 में उनको नागालैंड का प्रतिष्ठित पुरस्कार NNagaDAO Award प्राप्त हुआ।

❖❖❖

पद्मश्री मयंगनॉक्चा आओ, नागालैंड

एक महान शिक्षाविद एवं लेखक

पद्मश्री	वर्ष 1984, साहित्य एवं शिक्षा के क्षेत्र में
जन्म	1901
जन्म स्थान	गाँव चांगकी, ब्लॉक मंग्कोलेम्बा, जिला मोकोकचुंग, नागालैंड
निधन	29 फरवरी, 1988
जीवन परिचय	नागालैंड भारत का एक उत्तर पूर्वी राज्य है। जिसकी सीमा पश्चिम में असम से, उत्तर में अरुणाचल प्रदेश से, पूर्व मे बर्मा (म्यांमार) से और दक्षिण में मणिपुर से मिलती है। नागालैंड में कई जनजातियाँ निवास करती हैं- नागा, कुकी, कछारी, गारो एवं मीकीर। इनमें नागा जनजाति की कई उपजातियाँ हैं- अंगामी, आओ, चखेसंग, चांग, चीर्र, खियमनिंगान, कोनयाक, लोथा, फोम, पोचुरी, रेंगमा, संगतम, सेमा, तिखीर, इंचुंगरे, जेलियांग इत्यादि। वर्ष 2001 की जनगणना के अनुसार अनुसूचित जनजाति 'आओ' की जनसंख्या 2,31,823 थी, जो नागालैंड की कूल जनसंख्या 19,90,036 का 11.64 प्रतिशत है। इसी 'आओ' जनजाति में पैदा हुए मयंगनॉक्चा आओ (Mayangnokcha Ao)

मयंगनॉक्चा आओ संभवतः नागा जनजाति के पहले व्यक्ति थे, जिन्होंने स्नातक किया। उस जमाने में मात्र तीन रूपए मासिक स्कॉलरशिप के सहारे अपनी पढ़ाई पूर्ण करने के बाद वे शिक्षण कार्य में जुट गए। वर्ष 1927 में वे इम्पुर मिशन ट्रेनिंग एमई स्कूल के प्रधानाध्यापक बने, जो नागालैंड का सबसे पुराना

विद्यालय था, वहाँ वे वर्ष 1940 तक प्रधानाध्यापक रहे। इस विद्यालय की स्थापना 1895 में अमेरिकन मिशनरीज द्वारा की गई थी, नागालैंड के कोबुलोंग ब्लॉक में स्थापित यह हेरिटेज विद्यालय आज भी संचालित हो रहा है, केवल नाम परिवर्तित हो चुका है- क्लार्क मेमोरियल हायर सैकेंडरी स्कूल (CMHSS, Impur)

योगदान

मोकोकचुंग के कुम्लोंग वार्ड में मात्र 130 छात्र छात्राओं के साथ दिनांक 15 फरवरी,1941 को गवर्मेन्ट एम ई स्कूल की स्थापना की गई, जिसके प्रधानाध्यापक का दायित्व मयंगनॉक्चा आओ को सौंपा गया। वर्ष 1948 में इस स्कूल में एक अन्य स्कूल का विलय कर दिया गया और स्कूल का नाम बदलकर गवर्मेंट हाई स्कूल हो गया। शिक्षा के प्रति उनके समर्पण को देखते हुए हाईस्कूल के प्रधानाध्यापक की जिम्मेदारी भी उन्हें ही दी गई। समय के साथ बदलते हुए आज वह स्कूल भव्य भवन एवं आधुनिक व्यवस्थाओं से सुसज्जित हो चुका है। दिनांक 16 जून, 1994 को अपने प्रथम प्रधानाध्यापक की स्मृति में उस विद्यालय का नाम 'मयंगनॉक्चा गवर्मेन्ट हाई स्कूल' कर दिया गया था, उसे आज मयंगनॉक्चा गवर्मेन्ट हायर सैकेंडरी स्कूल (MGHSS, Mokokchung) के नाम से जाना जाता है।

https://www.mghsslibrary.org

नागा भाषा पर विद्वान मयंगनॉक्चा आओ की काफी अच्छी पकड़ थी। उन्होंने कई धार्मिक पुस्तकों विशेष कर पवित्र बाइबिल के पदों एवं भजनों का अनुवाद नागा भाषा में किया। वे नागाओं के राजनीतिक संगठन नागा राष्ट्रीय परिषद (NNC) के संस्थापक उपाध्यक्ष थे। वर्ष 1945 में सरकार द्वारा नागा हिल्स डिस्ट्रिक्ट ट्राइबल काउंसिल (NHDTC) का गठन किया गया, जिसके प्रथम अध्यक्ष मयंगनॉक्चा आओ मनोनीत किए गए। मयंगनॉक्चा आओ नागालैंड के एक महान शिक्षाविद, लेखक एवं कुशल संगठनकर्ता थे। आओ समुदाय में उन्हें 'The Father of Education' के नाम से जाना जाता है।

पुस्तक

वर्ष 2000 में मयंगनॉक्चा आओ की जीवनी पर आधारित 255 पृष्ठों की एक पुस्तक "Mayangnokcha, the Pathfinder" प्रकाशित हो चुकी है, जिसके लेखक थे आर०पी० शर्मा एवं गंगशिकोकबा आओ, यह पुस्तक मयंगनॉक्चा अवार्ड ट्रस्ट द्वारा प्रकाशित की गई थी।

सम्मान एवं पुरस्कार शिक्षा एवं साहित्य के क्षेत्र में उल्लेखनीय योगदान के लिए मयंगनॉक्चा आओ को वर्ष 1984 में देश के चौथे सर्वोच्च सम्मान पद्मश्री से विभूषित किया गया। वर्ष 1964 में माननीय राष्ट्रपति द्वारा उन्हें सर्वश्रेष्ठ शिक्षक का सम्मान दिया गया। वर्ष 1946 में उन्हें ब्रिटिश सम्राज्य द्वारा प्रदान किए जाने वाला सम्मान Member of British Empire (MBE) प्राप्त हुआ था, वहीं वर्ष 1945 में ब्रिटिश गवर्मेंट ने उनको Certificate of Gallantry भी प्रदान किया था।

❖❖❖

पद्मश्री रेव एल किजुंगलुबा आओ, नागालैंड

नागा जनजाति आओ के लिए समर्पित सामाजिक कार्यकर्ता

पद्मश्री	वर्ष 1976, सामाजिक कार्यों के क्षेत्र में
जन्म	8 फरवरी, 1906
जन्म स्थान	गाँव-लिरमेन, ब्लॉक-लोंगकेम, जिला-मोकोकचुंग, नागालैंड
निधन	22 जनवरी, 1997
निधन स्थल	नागालैंड
जीवन परिचय	देश की आजादी के बाद नागालैंड असम के अन्तर्गत था, दिनांक 1 दिसम्बर 1963 को देश के 16वें राज्य के रुप में नागालैंड को राज्य का दर्जा प्राप्त हुआ। पहाड़ी क्षेत्र में बसे इस छोटे से राज्य की विधानसभा में कूल 60 सीटें हैं। लोकसभा एवं राज्यसभा में 1-1 सांसद राज्य का प्रतिनिधित्व करते हैं। यहाँ की विधानसभा में लगभग 50 सीटें ऐसी हैं, जहाँ 25,000 से भी कम मतदाता हैं। मोकोकचुंग टाउन विधानसभा क्षेत्र में तो मात्र 7,179 मतदाता हैं। वर्ष 2018 में सम्पन्न विधानसभा निर्वाचन के आंकड़ो के अनुसार सबसे ज्यादा 66,259 मतदाता घासपानी-1 विधानसभा क्षेत्र में हैं। नागालैंड की कूल आबादी की 89.15% जनसंख्या अनुसूचित जनजातियों की है, उसी में एक नागा जनजाति है- आओ, जिसमें एल किजुंगलुबा आओ (Rev-L-Kijungluba Ao) का जन्म हुआ। उनकी शिक्षा असम के जोराहाट क्रिश्चियन हाई स्कूल से हुई और आगे चलकर वे पादरी बन गए।
योगदान	19वीं सदी के प्रारम्भ में अमेरिकन और यूरोपीयन चर्च देश के कोने कोने में अपने पाँव पसार चुके थे, विशेषकर आदिवासी बहुल क्षेत्रों में उनकी सक्रियता चरम पर थी। चर्च स्थानीय लोगों की समस्याओं को ना केवल समझने लगे थे

बल्कि उन्हें सुलझाने में अपना योगदान देने लगे थे। आदिवासियों के मध्य कुपोषण के चलते होने वाली बीमारियों की चिकित्सा, अशिक्षा एवं गरीबी के बीच चर्च का दखल इतना बढ़ चुका था कि शादी विवाह हो या जन्म मृत्यु, संसाधन जुटाने के लिए आदिवासी स्थानीय चर्च की ओर आस लगाकर देखने लगे थे।

चर्च ने भी अपनी भूमिका बखूबी निभाई, चर्च के लोगों ने भरपूर सामाजिक कार्य किए, जंगलों में रहने वाले आदिवासी हों या गुफाओं में, मैदानी इलाकों में रहने वाले आदिवासी हों या पर्वतीय इलाकों में, हर जगह चर्च की दखल मजबूत होती गई। देश के हर हिस्से में भारी संख्या में क्रिश्चियन मिशनरीज के स्कूल स्थापित किए गए, जिनकी श्रेष्ठता आज भी कायम हैं। लगभग हर स्कूल, अस्पताल व चेशायर होम के प्रांगण में एक छोटे बड़े चर्च की स्थापना अवश्य की गई। एक बड़ी जनसंख्या क्रिश्चियन धर्म को अपना चुकी थी, अधिकांश लोग ऐसे थे, जो अपनी पुरातन धार्मिक परंपराओं का निर्वाह भी करते थे और चर्च भी जाते थे, हालांकि गांवो कस्बों में यह प्रचलन आज भी जारी है। जब चर्च की संख्या बढ़ी, धर्म के अनुयायी बढ़े, तो उसी तादाद में पादरी भी नियुक्त किए गए।

अंग्रेजी भाषा पर पकड़ वाले वैसे आदिवासियों की खोज की जाने लगी, जो स्थानीय भाषाओं के भी जानकार हों, जो अपने क्षेत्र में सेवा कार्यों में बढ़ चढ़ कर हिस्सा लेते हों और उनका झुकाव चर्च की ओर हो। इसी क्रम में पादरी बने अनुसूचित जनजाति आओ के 'एल किजुंगलुबा आओ'।

वर्ष 2001 की जनगणना के अनुसार भारत में 122 प्रमुख भाषाएँ हैं एवं 1599 अन्य भाषाएँ हैं। एक सर्वेक्षण के मुताबिक विश्व के 195 देशों में लगभग 7,117 भाषाएँ बोली जाती हैं। बीबीसी न्यूज के एक आर्टिकल' के अनुसार भारत में लगभग 3,000 जातियाँ एवं 25,000 उपजातियाँ हैं। हर जाति के अपने नियम, अपनी धार्मिक परंपराएं, अपने देवी देवता, अपने रीति रिवाज, अपनी मान्यताएँ और अपनी धार्मिक पुस्तक है। भारत में प्रचलित ये धार्मिक पुस्तकें या तो उस धर्म को मानने वाले लोगों की अपनी निजी भाषा में

उपलब्ध है, या बहुत हुआ तो हिंदी, अंग्रेजी, बंग्ला और ओड़िया में प्रकाशित हुई है। अपने देश में केवल 'श्रीमद्भागवत गीता' ही एक ऐसा लोकप्रिय धार्मिक ग्रंथ है, जिसका अनुवाद लगभग 75 भाषाओं में हो चुका है।

वहीं एक रोमांचक तथ्य यह है कि चर्च ने ना केवल चर्च भवनों वा स्थायी संपत्तियों का फैलाव किया बल्कि अपने धार्मिक ग्रंथ 'पवित्र बाइबिल' का अनुवाद विश्व की लगभग हर भाषा में करवाया। पूर्ण बाइबिल का अनुवाद विश्व की लगभग 704 भाषाओं में हो चुका है। वहीं इसके पदों एवं कुछ अंशो को 3,415 भाषाओं में अनुवादित किया जा चुका है। नागालैंड में 13 जनजातीय भाषाओं में बाइबिल का अनुवाद प्रकाशित हो चुका है- आओ (1967), अंगामी (1970), रेंगमा (1976), पोचुरी (1994), लोथा (1967), कोनयाक (1992), दक्षिण रेंगमा (1999), चांग (2002), सेमा (2004), फोम (2005), लियांगमेइ (2001), जेमी नागा (2009).

पूर्वोत्तर भारत में बाइबिल का पहला अनुवाद वर्ष 1891 में मेघालय की खासी (Khasi) भाषा में हुआ था, यह अनुवाद का सिलसिला आज भी बदस्तूर जारी है। वर्ष 2016 में अरुणाचल प्रदेश की न्यीशी (Nyishi) भाषा में बाइबिल के पदों का अनुवाद प्रकाशित हुआ। पूर्वोत्तर भारत की लगभग 70 भाषाओं में बाइबिल अनुवादित हो चुकी है।

पूर्वोत्तर भारत में चर्चों की संख्या बढ़ने लगी, वहाँ की प्रत्येक जनजातियों में चर्च की पैठ हो गई। वर्ष 1937 में नागा हिल्स बैपटिस्ट चर्च काउंसिल की स्थापना की गई, जिसके अन्तर्गत विभिन्न जनजातियों के चर्च एसोसिएशन आते थे। यानि अनुसूचित जनजाति के लोग चर्च तो जाने लगे परन्तु हर जनजाति का अपना अलग चर्च था। मिलनसार व उदार स्वभाव के पादरी एल किजुंगलुबा आओ Ao Baptist Arogo Mungdang (ABAM) नाम से संचालित 'आओ

नागा बैपटिस्ट एसोसिएशन' के क्षेत्र निदेशक नियुक्त किए गए, वे 'आओ चर्चों' के कार्यों की देखरेख किया करते थे। नागालैंड बैपटिस्ट चर्च काउंसिल (NBCC) के आंकड़ो के अनुसार वर्ष 2020–21 तक नागालैंड में कूल 1649 चर्च हैं। जिनमें आओ जनजाति के चर्च की संख्या 164 है। एवं काउंसिल में आओ सदस्यता 1,21,005 है।

https://www.nbcc-nagaland.org

दिनांक 8 फरवरी, 1959 को रेव एल किजुंगलुबा आओ को नागालैंड बैपटिस्ट चर्च काउंसिल का सचिव मनोनीत किया गया। इस पद पर रहते हुए उन्होंने अपने क्षेत्र में भरपूर सामाजिक कार्य किए। बच्चों में शिक्षा के प्रचार प्रसार से लेकर युवाओं के प्रशिक्षण एवं महिलाओं के कुपोषण तक हर क्षेत्र में रेव एल किजुंगलुबा आओ सक्रिय रहे। नागालैंड जब अशांति के दौर से गुजर रहा था, तब उन्होंने शांतिदूत की भूमिका निभाई। सरकार व स्थानीय नागाओं के मध्य सुलह करवाने व एकदूसरे के प्रति सकारात्मक समझ कायम करवाने में रेव एल किजुंगलुबा आओ ने अहम भूमिका अदा की। द डेली नोट्स (कैनन्सबर्ग, पेनसिल्वेनिया 10 अप्रैल 1963) की रिपोर्ट के अनुसार तत्कालीन प्रधानमंत्री पंडित नेहरू ने भी उनसे परामर्श किया था। आओ ने काउंसिल में विभिन्न पदों पर रहते हुए अपनी जिम्मेदारियाँ निभाई और नागाओं के मान्य नेतृत्वकर्ता के रुप में अपनी पहचान कायम की।

सम्मान

सामाजिक कार्यों के क्षेत्र में उल्लेखनीय योगदान के लिए वर्ष 1976 में रेव एल किजुंगलुबा आओ को देश के चौथे सर्वोच्च सम्मान पद्मश्री से विभूषित किया गया। नागालैंड में शांति के लिए किए गए उनके अथक प्रयासों के लिए वर्ष 1965 में आयोजित अमेरिकी बैपटिस्ट कन्वेंशन में उनको 'एडविन टी. डाहलबर्ग पीस अवार्ड' से सम्मानित किया गया था।

https://www.google.com/amp/s/www.bbc.com/news/world-asia-india-35650616.amp

❖❖❖

पद्मश्री पूर्णमासी जानी, ओडिशा

आदिवासी संत व गीतकार

पद्मश्री	वर्ष 2021, कला के क्षेत्र में
जन्म	28 मार्च, 1944
जन्म स्थान	गाँव दलपाड़ा, प्रखंड खजुरीपाड़ा, जिला कंधमाल, ओडिशा-762012
वर्तमान निवास	गाँव-चरीपाड़ा, प्रखंड-खजुरीपाड़ा, वाया-फुलबनी, जिला कंधमाल, ओडिशा-762012
वेबसाइट	purnamasitadisarumission.org
पिता	नीलकंठ जानी
माता	रानीमती जानी
पति	आराधना जानी
जीवन परिचय	तादीसारु बाई के नाम से विख्यात पूर्णमासी जानी का जन्म ओड़िशा के सुदूर गाँव में एक ट्राइबल परिवार में हुआ। भगवान जगन्नाथ के धाम ओड़िशा में लगभग 62 अनुसूचित जनजातियाँ रहती हैं। वर्ष 2011 की जनगणना के अनुसार ओडिशा में अनुसूचित जनजातियों की जनसंख्या 95,90,756 थी, जो वहाँ की कूल जनसंख्या 4,19,74,218 का 22.85 प्रतिशत है। उसमें एक महत्वपूर्ण जनजाति है खोंड (Khonds-Kondha-Kandha), जिनकी आबादी लगभग 16,27,486 थी, जो कूल जनसंख्या का 3.88 प्रतिशत है। इस जनजाति के लोगों के बोलचाल की भाषा कुई और कुवी है, जिसे ओड़िया लिपि में लिखा जाता है। इसी खोंड़ जनजाति में पूर्णमासी जानी का जन्म हुआ, निरक्षर पूर्णमासी कम उम्र में ही ब्याह दी गई। ईश्वर की

लीला, विवाह के 10 वर्षों के भीतर उनको छह संतानें हुई, किन्तु एक भी जीवित ना रह सकी। किन्तु जगन्नाथ जी की धरती पर जन्मी पूर्णमासी जगन्नाथ जी से नाराज नहीं हुई बल्कि और करीब हो गई। वर्तमान में पूर्णमासी के दो पुत्रियाँ हैं, तपीस्वनी (50) और जज्ञसेनी (46), जिनमें बड़ी पुत्री और दामाद उनके साथ ही रहते हैं। पूर्णमासी के पति का देहान्त हो चुका है।

योगदान

अपने छह बच्चों को खोने के बाद पूर्णमासी जानी का रुझान आध्यात्म की ओर हो चला। वे अपने गाँव में आने वाले साधु संतो की की सेवा बड़ी लगन से करने लगी। मई, 1969 में जब वे मात्र 25 वर्ष की थी, उनके गाँव में संतो की एक टोली आई हुई थी। पूर्णमासी जानी भी उनके सत्संग में जाया करती, भजन सुनते-सुनते उसमें रम जाया करती, बड़ी तल्लीनता से वह संतो की सेवा किया करती। उन संतो की टोली टीकाबाली ब्लॉक में अवस्थित तादीसुरु पर्वत की ओर जाने वाली थी। खोंड जनजाति की मान्यताओं के अनुसार उस पवित्र पहाड़ी पर अदृश्य दैवीय शक्तियों का निवास है। पूर्णमासी जानी और उनके पति भी बच्चा होने की लालसा लिए उनके दर्शन की लालसा से संतो के साथ हो चले। उस रमणीय पवित्र पहाड़ी की प्राकृतिक छटा का पूर्णमासी जानी पर ऐसा प्रभाव पड़ा कि वे लगभग डेढ़ दिन वहीं पहाड़ की चोटी पर टीकी रहीं। प्रकृति की गोद में, पर्वत की गुफा में, कंदमूल खाते हुए, ईश्वर की प्रार्थना करते हुए, उन्होंने

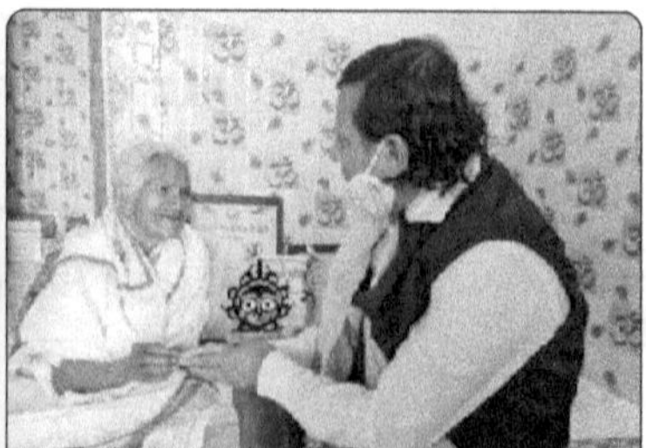

एक तपस्विनी के रुप में ध्यान लगाया, मानो स्वयं ईश्वर से साक्षात्कार किया और जब वे लौटीं तो उनके चेहरे पर एक अद्‌भुत तेज था। वे शांत भाव से प्रभु के भजन गाया करती। गाँव के लोगों ने उनको एक संत के रूप में आदर दिया और उनके पास बैठकर भजन सुना करते। धीरे-धीरे उनकी ख्याति बढ़ने लगी, उन्हें विभिन्न गांवों, ब्लॉक, सांस्कृतिक समितियों, मठों एवं मंदिरों में भक्ति गीत गाने के लिए आमंत्रित किया जाने लगा। वर्ष 1996 में उन्हें जगन्नाथ मंदिर, पुरी में भी आमंत्रित किया गया था।

हालांकि उनको अक्षर ज्ञान नहीं था, फिर भी वे नित्य नए-नए भक्ति गीत व कविताएँ रचा करती थीं। ऐसा माना जाता है कि उन्होंने कुई, ओड़िया और संस्कृत में 50,000 से अधिक भक्ति गीतों की रचना की है। गाँव के लोगों ने उन्हें 'तादीसारु बाई' के नाम से पुकारना आरम्भ कर दिया। जनजातीय कुई भाषा में तादी का अर्थ होता है ऊँचाई, सारु का अर्थ होता है पहाड़ और बाई का अर्थ होता है संत यानि 'ऊँचे पहाड़ की संत'। उनके गीत बहुत ही सहज और सरल भाषा में होते, धीरे-धीरे उनके भक्ति गीतों को सुनने वाले शिष्यों की तादाद बढ़ने लगी। चूँकि तादीसारु बाई को लिखने नहीं आता था, सो उनके शिष्यों ने उनकी कविताओं और भक्ति गीतों को लिपिबद्ध करना आरम्भ कर दिया। अब तक उनके शिष्यों द्वारा लगभग 15000 से ज्यादा गीतों को रिकार्ड अथवा कलमबद्ध किया जा चुका है।'

उनके लिखे गीतों, प्रार्थनाओं, पदों, भजनों एवं कविताओं

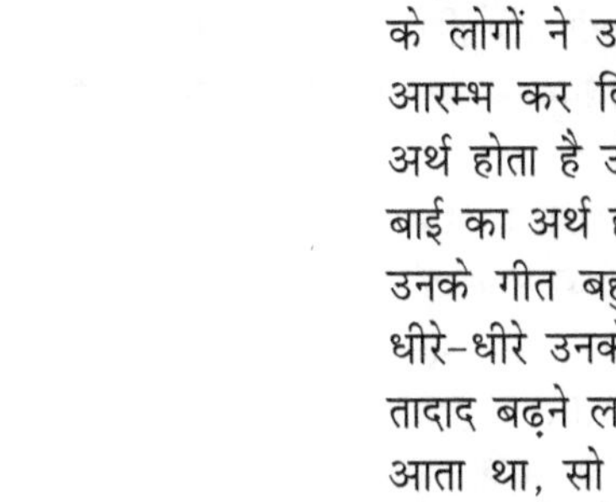

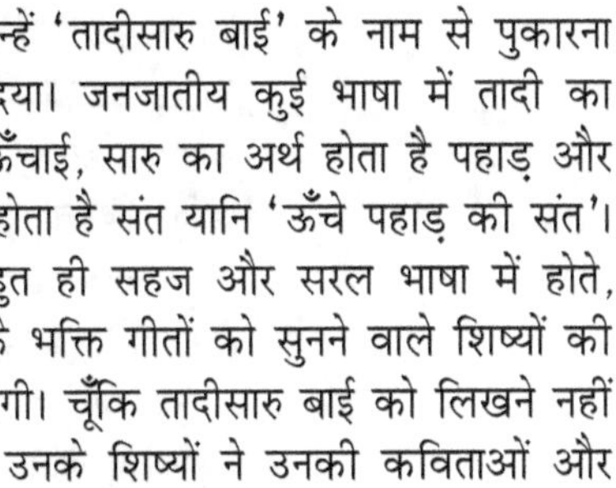

को संकलित कर उनके शिष्यों के द्वारा अब तक 6 पुस्तकें प्रकाशित करवाई जा चुकी हैं और कई अन्य पुस्तकों पर अनवरत कार्य जारी है।

प्रकाशित कृतियाँ

कहे तादीसारु- डॉ० प्रेमानंद महापात्रा
विस्मय प्रतिभा- डॉ० बिरंची नारायण साहू
तादीसारु जिबानी ओ' जनोपदेश- डॉ० बनोज कुमार राय, 2017
तादीसारु श्री भजनमाला- डॉ० बनोज कुमार राय, 2018
संत साधिका पूर्णमासी जिबानी ओ' पदावली- सुरेन्द्र प्रसाद मोहंती
अनजाने भीमाभोई- सुरेन्द्र प्रसाद मोहंती

कई शोधार्थी उनके गीतों पर पी-एचडी कर रहे हैं। भुवनेश्वर के बीजेबी कॉलेज ओड़िया विभाग के विभागाध्यक्ष डॉ० प्रेमानंद महापात्रा ने वर्ष 2010-11 में कटक के रावेनशॉ यूनिवर्सिटी से पी-एचडी पूर्ण कर ली है, उनका विषय था- 'तादीसारु बाईनका जिबानी ओ' साहित्य।'

डॉ० बिरंची नारायण साहू ने वर्ष 2015-16 में शान्तिनिकेतन यूनिवर्सिटी, पश्चिम बंगाल से पी-एचडी पूर्ण की, उनका विषय था- 'ओडिशा भक्ति गीतारा परंपरा ओ' तादीसारु बाईनका रचना विचारा।'

पूर्णमासी जानी की पहचान ना केवल आध्यात्मिक संत, भजन गायक या गीतकार ही हैं, बल्कि वे एक सामाजिक कार्यकर्ता भी हैं। उन्होंने ओडिशा के जनजातीय लोगों के मध्य सामाजिक सद्भाव एवं शिक्षा के प्रसार हेतू काफी कार्य किया। आदिवासी लोगों के बीच

व्याप्त अंधविश्वासों को दूर करने में उनका बड़ा योगदान रहा है। उन्होंने ओडिशा की जनजातियों में व्याप्त मुख्य समस्याओं जुआ, शराब, बाल विवाह और पशु बलि को खत्म करने के लिए काफी प्रयत्न किए, इन विषयों पर कई गीतों की भी रचना की। ओडिशा के चार जिलों कंधमाल, कोरापुट, बौध एवं कालाहांडी में उनके सामाजिक अवदानों को अनदेखा नहीं किया जा सकता। वर्ष 2008 में कंधमाल जिले में हुए दंगो के दौरान

आदिवासियों और ईसाइयों के मध्य सामाजिक सद्भाव स्थापित करने में उनकी उल्लेखनीय भूमिका रही। विशेषकर खोंड और पाना समुदायों के बीच कुई और ओडिया भाषा में उन्होंने सौहार्द के कई गीत गाए।

पुरस्कार एवं सम्मान

कला के क्षेत्र में अतुलनीय योगदान के लिए गीतकार पूर्णमासी जानी को वर्ष 2021 में देश के चौथे सर्वोच्च पुरस्कार पद्मश्री से अलंकृत किया गया। वर्ष 2008 में उनको दक्षिण ओड़िशा साहित्य पुरस्कार प्राप्त हुआ था। ओड़िशा राज्य सरकार द्वारा ओड़िया साहित्य के क्षेत्र में दिया जाने वाला सर्वोच्च सम्मान 'ओड़िशा साहित्य अकादमी पुरस्कार' वर्ष 2006 में पूर्णमासी जानी को कविता के लिए प्रदान किया गया था। विभिन्न संस्थानों द्वारा समय समय पर उन्हें सम्मानित किया जाता रहा है। यथा; आईएमएफए लिमिटेड द्वारा डॉ. बंशीधर पंडा सारस्वत सम्मान, आदिवासी भाषा एवं संस्कृति सम्मान इत्यादि।

उनका एक भक्ति गीत-

ଟାଡ଼ିସରୁଶରଣମ
ଟାଡ଼ିସରୁଟୀକା-୦୧
(ଗୁରୁବନ୍ଦନା)
ଗୁରୁଦେବଗୁରୁଦେବଗୁରୁମୋରମୁକ୍ତିଭାବ
ଆତ୍ମାକୁନିର୍ମଳକରିଦେବେଦର୍ଶନ
ଶ୍ରୀଗୁରୁପଦ୍ମପାଦରେ
ମୁହିଁଜଣାଉଛିଧୂରେ
ଦର୍ଶନଦିଅହେଗୁରୁଆତ୍ମାମଧ୍ୟରେ
ଗୁରୁବ୍ରହ୍ମାଗୁରୁବିଷ୍ଣୁ
ଗୁରୁଦେବମହେଶ୍ୱର
କଣ୍ଠମଧ୍ୟପ୍ରସନ୍ନହୋଇବେଟିରହି
ଧ୍ୟାନ, ଜ୍ଞାନଉଦେହେବଶାନ୍ତିଭାବପ୍ରକାଶିବ
ଗୁରୁକଥାବଳରୁମୁଁପାଇବିସେହି
ଟାଡ଼ିସରୁବାଇକହି
ଗୁରୁପଦ୍ମପାଦେଧ୍ୟାୟ
ଟାଡ଼ିସରୁମିଶନ, ଓଡ଼ିଶା

अंग्रेजी अखबार द हिन्दू, दिनांक 26 जनवरी, 2021 की रिपोर्ट के अनुसार

❖❖❖

पद्मश्री इग्नेस तिर्की, ओडिशा

हॉकी के अंतरराष्ट्रीय खिलाड़ी

पद्मश्री	वर्ष 2010, खेल के क्षेत्र में
जन्म	10 मई, 1981
जन्म स्थान	गाँव लुलकीडीह, ब्लॉक बालीसंकरा, जिला सुंदरगढ़, ओड़िशा-770074
पिता	वॉल्टर तिर्की
पत्नी	मासिरा सुरीन
विवाह की तिथि	29 दिसम्बर, 2008
जीवन परिचय	भारत में कुछ जगहें ऐसी हैं, जो अपनी संस्कृति और विरासत के मामले में अद्वितीय हैं। ओडिशा राज्य भी उन्हीं में से एक है। अपनी समृद्ध परंपरा एवं अपार प्राकृतिक संपदा से युक्त ओडिशा को प्यार से श्भारत की आत्माश कहा जाता है। ओडिशा के तीन प्रसिद्ध मंदिर जो 'स्वर्ण त्रिभुज' कहलाते हैं- भुवनेश्वर में लिंगराज मंदिर, पुरी में जगन्नाथ मंदिर और कोणार्क में सूर्य मंदिर, ओडिशा में पर्यटन के प्रमुख बिन्दु हैं। उनमें भी 'श्री जगन्नाथ पुरी' भगवान के चार धामों में एक धाम है और यहाँ की रथयात्रा व महाभोग विश्वविख्यात हैं।

ओडिशा में रहने वाली 62 जनजातियों में एक प्रमुख जनजाति है उरांव, वर्ष 2011 की जनगणना के अनुसार राज्य में इनकी जनसंख्या 3,58,112 है, जो ओडिशा की कूल आबादी का मात्र 0.85 प्रतिशत है। इनकी मुख्य बोली है कुड़ुख और सादरी। इस जनजाति उरांव में देश की कई प्रतिभाओं ने जन्म लिया, उन्हीं में से

एक हैं इग्नेस तिर्की (Ignace Tirkey).

इग्नेस जब राउरकेला के बिरसा मुंडा हाई स्कूल में पढ़ रहे थे, तब 'राउरकेला पानपोश स्पोर्ट्स हॉस्टल' के द्वारा हॉकी खिलाड़ियों के लिए एक ट्रायल आयोजित किया गया था। इग्नेस ने भी चयन प्रक्रिया में हिस्सा लिया, उन्हें अभ्यास के लिए चुन लिया गया। वर्ष 1993-97 तक स्पोर्ट्स हॉस्टल में तकनीक सीखने और चार वर्षों तक अभ्यास करने के बाद इग्नेस हॉकी के मैचों में हिस्सा लेने लगे।

इग्नेस के छोटे भाई प्रबोध तिर्की ने भी बतौर कैप्टन भारतीय टीम का प्रतिनिधत्व किया है।

योगदान

हॉकी में फूलबैक (Fullback) और मिडफील्डर (Midfielder) खेलने वाले इग्नेस का सफर बहुत शानदार रहा। उन्होंने चेन्नई एवं बेंगलुरु जूनियर तथा जम्मू नेशनल गेम्स से अपने खेल जीवन की शुरुआत की।

फरवरी, 2001 में इजिप्ट की राजधानी काइरो में आयोजित 'अकबर इल योम टूर्नामेंट' में बेल्जियम के खिलाफ खेले गए मैच में उन्हें भारतीय टीम में पहली बार खेलने का अवसर प्राप्त हुआ।

अगस्त, 2001 में चेन्नई में आयोजित मुरुगुप्पा गोल्ड कप में इग्नेस को चेन्नई वीरान्स की ओर से खेलने का अवसर प्राप्त हुआ।

दिसम्बर, 2002 में हैदराबाद में आयोजित नेशनल गेम्स में इग्नेस ने काफी शानदार प्रदर्शन किया।

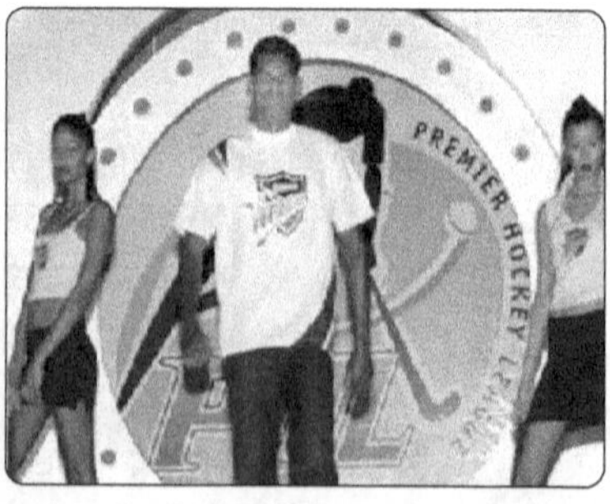

सितम्बर, 2003 में मलेशिया के कुआला लुम्पुर में आयोजित मेंस हॉकी एशिया कप में इग्नेस ने भारतीय टीम की ओर से खेलते हुए शानदार प्रदर्शन किया और फाइनल मैच में पाकिस्तान को 4-2 से हराते हुए विजय हासिल की।

अगस्त, 2004 में ग्रीस में आयोजित एथेंस ओलंपिक में तिर्की सर्विसेस की ओर से खेले, इस टूर्नामेंट में भारतीय टीम सातवें स्थान पर रही।

वर्ष 2005, प्रीमियर हॉकी लीग में चेन्नई वीरान्स के कैप्टन के रुप में खेलते हुए इग्नेस ने अपनी टीम को विजय दिलवाई।

मार्च, 2006 में आस्ट्रेलिया के मेलबर्न में आयोजित कॉमनवेल्थ गेम्स में इग्नेस भारतीय टीम का हिस्सा बने।

जनवरी, 2009 में चंडीगढ़ में आयोजित पंजाब गोल्ड कप में इग्नेस ने बेहतरीन खेल का प्रदर्शन किया।

सितम्बर, 2011 चाईना के ओडोस में आयोजित एशियन चौम्पियन ट्राफी में इग्नेस भारतीय टीम में खेले, जिसमें टीम विजयी रही।

इग्नेस तिर्की ने अपने लम्बे खेल जीवन में 200 से ज्यादा हॉकी मैच खेले और अंतरराष्ट्रीय मैचों में 12 से ज्यादा उल्लेखनीय गोल दागते हुए उम्दा प्रदर्शन किया।

वर्ल्ड कप

मार्च, 2002, मलेशिया के कुआला लुम्पुर में

चैम्पियंस ट्राफी
सितम्बर, 2002, जर्मनी के कॉलोगन में
अगस्त, 2003, नीदरलैंड के एम्स्टेलवीन में
दिसम्बर, 2004, पाकिस्तान के लाहौर में
एशियन गेम्स
सितम्बर, 2002, साऊथ कोरिया के बुसान में
अफ्रो एशियन कप
अक्टूबर, 2003, हैदराबाद
इंडो पाक हॉकी सीरीज
अक्टूबर, 2004
चैम्पियंस चैलेंज
दिसम्बर, 2001, मलेशिया के कुआला लुम्पुर में
सुल्तान अजलन शाह कप-
अगस्त, 2001, मलेशिया के कुआला लुम्पुर में
जनवरी, 2004, मलेशिया के कुआला लुम्पुर में
जूनियर वर्ल्ड कप
अक्टूबर, 2001, आस्ट्रेलिया के होबार्ट में
आस्ट्रेलियन टूर
मई, 2002, आस्ट्रेलिया के एडिलेड में
जून, 2002, आस्ट्रेलिया के मेलबर्न में
मई, 2003, आस्ट्रेलिया के पेर्थ में
जून, 2003, आस्ट्रेलिया के सिडनी में
अप्रैल, 2004, आस्ट्रेलिया के कैनबेरा में
यूरोपियन टूर
अगस्त, 2002, नीदरलैंड के एम्स्टेलवीन में

जून, 2003, जर्मनी के हम्बर्ग में
मार्च, 2004, स्पेन के मैड्रिड में
जून, 2004, नीदरलैंड के एम्स्टेलवीन में
जुलाई, 2004, जर्मनी के डसेलडोर्फ में
अगस्त, 2004, जर्मनी के लीवरकुसेन में

इग्नेस तिर्की मद्रास इंजीनियरिंग ग्रुप (मद्रास सैपर्स कॉर्प्स ऑफ इंजीनियर्स) भारतीय सेना में 1998 में बतौर हवलदार नियुक्त किए गए थे, वर्तमान में एक अधिकारी (सूबेदार) के रूप में कार्यरत हैं।

पुरस्कार एवं सम्मान खेल के क्षेत्र में उल्लेखनीय योगदान के लिए वर्ष 2010 में इग्नेस तिर्की को देश के चौथे सर्वोच्च सम्मान पद्मश्री से विभूषित किया गया। वर्ष 2009 में इग्नेस को खेल के क्षेत्र में दिया जाने वाला प्रतिष्ठित अर्जुन अवार्ड प्रदान किया गया। उनको वर्ष 2004 में भारतीय सशस्त्र बल द्वारा उनको सर्विसेस स्पोर्ट्समैन ऑफ द ईयर अवार्ड एवं वर्ष 2003 में एकलव्य पुरस्कार प्राप्त हुआ।

सन्दर्भ www.orisports.com

❖❖❖

www.ingramcontent.com/pod-product-compliance
Lightning Source LLC
LaVergne TN
LVHW010059061026
849532LV00007BA/2484